Etwas ist zu Ende: eine Freundschaft, eine alte Liebe, eine Kindheit in der Vorstadt, eine Reise ans Meer, ein ganzes Leben. Etwas hat sich verschoben, unmerklich, und alles geht weiter, nichts wie es war.

Zsuzsa Bánk erzählt von Menschen, die eines Tages einfach die Tür hinter sich ins Schloß fallen lassen. Von Larry, dem koksenden Dreizentnermann, der Gedichte schreibt, die so schön sind, daß sie niemand versteht. Von Lydia, die der Wind mitnimmt. Von Lisa, die für einen Nachmittag in das winzige italienische Bergdorf zurückkehrt, das ihre Mutter einst verließ – mitten im heißesten Sommer.

Zsuzsa Bánk, geboren 1965, arbeitete als Buchhändlerin und studierte anschließend in Mainz und Washington Publizistik, Politikwissenschaft und Literatur. Heute lebt sie als Autorin mit ihrem Mann und zwei Kindern in Frankfurt am Main. Für ihren ersten Roman ›Der Schwimmer‹ wurde sie mit dem aspekte-Literaturpreis, dem Deutschen Bücherpreis, dem Jürgen-Ponto-Preis, dem Mara-Cassens-Preis sowie dem Adelbert-von-Chamisso-Preis ausgezeichnet. Für die Erzählung ›Unter Hunden‹ erhielt sie den Bettina-von-Arnim-Preis. Zuletzt erschien ihr Roman ›Die hellen Tage‹.

Unsere Adresse im Internet: www.fischerverlage.de

Zsuzsa Bánk

Heißester Sommer

Erzählungen

Fischer
Taschenbuch
Verlag

2. Auflage: April 2012

Veröffentlicht im Fischer Taschenbuch Verlag,
einem Unternehmen der S. Fischer Verlag GmbH,
Frankfurt am Main, Mai 2007

© S. Fischer Verlag GmbH, Frankfurt am Main 2005
Druck und Bindung: CPI – Clausen & Bosse, Leck
Printed in Germany
ISBN 978-3-596-17072-2

Für M.

Letzter Sonntag

Jetzt steht sie da, vielleicht anderthalb Meter vor Anna, als hätte sie Angst, näher zu kommen. Die anderen sind zur Seite getreten, bilden einen Halbkreis. Sie ahnen, daß sie nicht stören dürfen, wenden sich ab, zögernd, gehen ein, zwei Schritte, schauen in ihre Taschen, ihre Hefte, auf ihre Uhren. Nach Annas Vortrag hat sie in der Menge gestanden und gewartet, bis die anderen ihre Fragen gestellt, mit Anna gesprochen haben, hat ihnen über die Schultern geschaut, auf Annas Tisch, auf das Papier, die Stifte. Anna ist es seltsam vorgekommen, aber sie hat sich nichts dabei gedacht, sich nicht gefragt, wer sie sein könnte, weil es viele gibt, die das tun: stehenbleiben, wenn andere schon da stehen.

Sie fragt Anna: Bist du – ?, und sagt Annas Namen, als ob Anna eine andere sein könnte, wo doch hier jeder weiß, wer sie ist, schon weil es auf den Plakaten auf dem Gang, an der Tür und am Podium steht. Später sagt sie, gleich habe sie gewußt, daß sie es ist, Anna, sie hätte nicht fragen müssen. Im Radio habe sie das Gespräch mit ihr gehört, am Morgen, in einem dieser neuen Magazine, als sie ihren ersten Tee getrunken habe, erklärt sie, fast, als müsse sie sich entschuldigen, dafür, daß sie hier steht und Anna anspricht. Aufgesprungen sei sie, um das Radio lauter zu drehen, die anderen seien sofort still gewesen, um zuzuhören, und dann sei sie durch die Stadt gefahren, habe auf ihre Uni, ihre Kurse verzichtet, ihre Eltern seien einverstanden gewesen, sei durch diese Halle gelaufen, durch diese große Halle, um jetzt, hier,

vor Anna zu stehen. Sie fragt, also, bist du?, und sagt
Annas Namen, ihren ganzen Namen, mit einer Stimme,
die wenig sicher, die fast ängstlich klingt, und Anna
denkt, was fällt ihr ein, was erlaubt sie sich, sie weiß
doch, daß ich es bin, jeder hier weiß es, und sie sagt, ja,
die bin ich, in einem Ton, der zu verstehen gibt, daß sie
nicht angesprochen werden will, als sei sie für jeder-
mann jederzeit ansprechbar.

Márti ist es, die jetzt ihren Namen sagt, den Anna schon
weiß: Márti. Anna kennt ihre Eltern. Sie kennt sie gut,
besonders ihre Mutter, und sie fragt, obwohl es unnötig
ist, dann bist du die Tochter von – ? Márti nickt, schnell,
eifrig, als habe Anna sie endlich erlöst, endlich befreit,
mit dem Namen ihrer Mutter, den Anna jetzt noch einmal sagt, Zsóka, langsam, als wollte sie jeden einzelnen
Buchstaben klingen lassen, Zs-ó-k-a, um dann Mártis
Namen zu sagen, mit einem überdeutlichen: Du bist also, als müßte sie sich dem Gedanken, daß sie es ist, für
die Anna sie von Anfang an gehalten hat, doch erst annä-
hern. Anna liegt dieser Satz auf den Lippen, vom Zeit-
vergehen, vom Großwerden, aber sie sagt ihn nicht.

Sie gehen einen kleinen, bleibenden Schritt aufeinander
zu, oder nur Anna geht ihn, und Márti bleibt stehen. Sie
umarmen sich, ungeschickt und kurz, als wüßten beide
nicht, wie man sich umarmt, in solchen Momenten.
Márti kämpft mit den Tränen, entschuldigt sich dafür,
sucht nach einem Taschentuch, in das sie sich schneu-
zen kann, und Anna sagt schnell, was ihr als erstes in
den Sinn kommt, vielleicht, um Mártis Suchen etwas
entgegenzusetzen. Sie sagt, wir haben uns lange nicht
gesehen, ich glaube, als du acht warst, warst du mit deinen Eltern bei uns, kann das sein? Ich weiß noch, wie

du warst, als Mädchen, ich weiß es noch genau, auch daß du den Tee nicht hattest trinken wollen, wegen seiner Farbe. Márti schaut ungläubig, vielleicht, weil Anna sich an Dinge erinnert, die andere sofort vergessen, und über die sie redet, als seien sie entscheidend. Anna fragt, wie alt bist du, und Márti antwortet, genau zwischen einundzwanzig und zweiundzwanzig, in einem Ton, der Anna etwas entgegenhalten soll, fast auftrumpfend, als sei das die beste Antwort, die man auf Annas Frage geben kann.

Sie stehen ein bißchen verloren. Anna sagt, ich habe keine Zeit, du siehst ja, dreht sich um und deutet in die Menge, mit einer Geste, die ihr nicht gefällt, weil sie zu groß geraten ist. Márti erwidert, ja, ich sehe es, bleibt aber trotzdem stehen, rührt sich nicht, als sei das kein Grund, nicht für sie, als habe sie das Recht, das unbedingte, bei Anna, mit Anna zu sein. Sie verabreden sich für den nächsten Tag. Anna schlägt vor, sie solle ihre Eltern mitbringen, die anderen auch, am besten die ganze große Familie, und Márti sagt, das werde ich, wieder in diesem Ton, lauter, forscher, als habe sie gesiegt, einen Kampf für sich entschieden. Sie umarmen sich noch einmal, zum Abschied, etwas länger, etwas fester, ihnen gelingt ein Lachen, und Anna sagt, wie zur Belohnung, schön, daß du gekommen bist, es ist schön, dich zu sehen.

Sie treffen sich an einer der großen Straßen, die sonst mit ihrem Lärm die Stadt zerschneiden, sonntags aber kaum befahren sind. Anna sieht sie von weitem, wie sie an der verabredeten Ecke stehen, wenige Schritte hinter der Oper. Sie drehen sich suchend um, sie wissen nicht, von wo Anna kommt, sie kennen weder die Straße noch das Hotel, in dem sie übernachtet. Anna kann sich ihnen nähern, unbeobachtet, plötzlich hinter ihnen stehen, auf eine Schulter tippen, die Arme ausbreiten, als sei das die Geste, auf die alle gewartet haben, und sagen, hallo, da bin ich. Sie haben sich nicht verändert. Anna könnte nicht einmal sagen, ob sie älter geworden sind. Vielleicht sind sie schmaler, blasser auch, aber nur, wenn sie genau hinsieht.

Mártis Vater, Anna hatte ihn größer in Erinnerung. Sein Bart zeigt ein erstes Grau. Zsóka hat sich kein bißchen verändert. Nicht einmal ihr Haar trägt sie anders. Es ist immer noch so, wie sie es trug, mit fünfzehn, mit zwanzig, mit dreißig, und wie Anna es mochte, dunkel, kurz, an der Seite gescheitelt, mit einem Schwung in die Stirn gekämmt, mit dicken Strähnen, die sie mit einer schnellen Bewegung hinter die Ohren klemmt. Sie hat diesen kleinen roten Dreiecksmund, der spitz nach oben zeigt, viel redet und nie etwas Dummes sagt. Schwarz trägt sie. Das ist neu. Einen engen Rock, dazu eine Bluse, am Kragen etwas Spitze, die den Blick bis zu den Schultern zuläßt, und als sei es etwas, das Anna vergessen hat, das sie vergessen konnte, fällt ihr jetzt wieder ein, wie sehr sie alle mochte, wie sehr sie ihr gefielen, und sie begreift nicht, wie sie es zulassen konnte, daß sie nichts voneinander gehört, nichts voneinander gewußt hatten, in diesen Jahren, die Márti haben so groß werden lassen.

Márti ist eine Mischung aus Vater und Mutter, als habe man die beiden geteilt und ineinander verwoben. Sie trägt ihr dunkles Haar im Pferdeschwanz, den sie nicht im Nacken, sondern hoch oben mit einem weißen Tuch gebunden hat, so daß er ihr als Fragezeichen in den Nacken fällt. Ihre Sonnenbrille, mit Gläsern, die nicht zu dunkel sind, steckt über der Stirn im Haar. Ihre Haut ist hell, zeigt winzige braune Punkte unter den Augen, auf den Wangen. Ihr Blick ist so, als entgehe ihm nichts. Sie sehen sich an, beteuern einander, wie wenig, wie gar nicht sie sich verändert haben. Sie stehen an dieser großen Straße, auf der es still bleibt, an einem Sonntag, im März, unter einem blauen Stadthimmel, der den Frühling lockt und zum ersten Mal, seit Anna hier ist, das Grau der Fassaden verdrängt.

Blumen haben sie für Anna mitgebracht, kleine gelbe und weiße Blumen, und niemand spricht diesen Vorwurf aus, vor dem Anna Angst hatte und auf den sie alberne Antworten vorbereitet hat, der Vorwurf, warum sie sich nicht meldet, wenn sie in der Stadt ist, auf einem dieser Kongresse, die sie nicht mag und doch immer wieder besucht, warum sie nicht anruft, nach so vielen Jahren, um zu sagen, ich bin da, um zu fragen, habt ihr Zeit, wollen wir uns sehen?, und warum sie Anna erst im Radio hören müssen, zufällig, beim Frühstück, am Samstagmorgen, wenn sie bei ihrem ersten Tee sitzen, schlaftrunken, kaum wach, um zu erfahren, daß sie hier ist, nach Jahren zum ersten Mal wieder hier ist, und warum Márti dann durch die ganze Stadt fahren muß, um sie aufzusuchen und ihr zu sagen, wir wollen dich treffen, wir wollen dich sehen.

Gestern abend hat sie darüber nachgedacht, als sie ins Hotel gefahren ist, zurück vom Kongreßzentrum, mit ihren Unterlagen, ihren Zetteln und farbigen Folien, im Taxi, da sie die U-Bahn nicht erträgt, mit den endlosen Rolltreppen in die Tiefe, dem Gestank, der Hitze, den Türen, die sich in Sekundenschnelle schließen, als müßten sie etwas zerschneiden, und später, in ihrem Hotel, in dem sie kein Zimmer, sondern eine ganze Wohnung hat, mit Küche und Schlafzimmer und einem Bad mit freistehender Wanne, in die sie sich jeden Abend gelegt hat, um sich den Staub, den Schmutz abzuwaschen, von dem sie immer noch glaubt, daß er wie nichts anderes mit dieser Stadt verbunden ist.

Anna hat an Antworten gefeilt, auch später noch, als sie im Bademantel vor dem Fenster saß, vor diesem großen Fenster, das von einer Wand zur anderen reicht, von der Decke bis zum Boden, und das Haus gegenüber zeigt, das so nah steht, daß man hinüberspringen könnte, ein Haus mit abgeschlagener, dunkler Fassade, blätterndem Putz, mit braunen Fensterrahmen aus Holz, die nackte Glühbirnen in ein Rechteck setzen. Anna hat nachgedacht über lächerliche Antworten, auch heute morgen noch, in diesem Frühstücksraum ohne Fenster, in dem es jeden Morgen das gleiche gibt, weißes Brot, trockenen Käse, Marmelade in Blechdöschen, und in dem die ganze Woche eine Frau mit zwei Kindern, zwei blonden Mädchen, neben ihr gesessen hat. Anna hat keine Zeitung gelesen, nicht heute morgen. Sie hat nachgedacht, über Antworten, die sie geben könnte, die aber alle nicht erklären, warum sie sich nicht gemeldet hat.

Sie gehen in ein Café, das sich schnell von der Vergangenheit verabschiedet hat und jetzt aussieht wie alle Cafés der Welt aussehen, mit Stühlen und Tischen aus dunklem Holz, farbigen Wänden, einer langen Bar, einer Espressomaschine, die ununterbrochen gurgelt und zischt, mit einer Schiefertafel neben dem Eingang, auf die sie mit Kreide die Gerichte des Tages geschrieben haben. Márti ist nicht von Annas Seite gewichen, sie hat sich neben sie gesetzt, versäumt nichts von dem, was Anna sagt, was sie fragt. Sie erzählen sich die letzten Jahre, wie sie waren, wie es ging mit ihnen, wie sie geworden sind, was sie sind, wie sie leben, jetzt. Sie reden und fragen, bis sie den vierten Kaffee, das fünfte Wasser getrunken haben, bis ihnen schwindlig ist, die Wangen rot und heiß sind, und sie lachen müssen, über sich, darüber, wie lächerlich es ist, all das in einen Nachmittag packen zu wollen.

Sie erinnern sich an Sommer, die weit zurückliegen. Sommer, in denen es Márti noch nicht gab, Anna ein Mädchen war und Zsóka fast schon eine Frau. Seltene Sommer, die fern sind, aber von denen sie noch alles wissen, alle, die hier am Tisch sitzen, außer Márti. Und es schmerzt Anna, daran zu denken, jetzt, da einer noch eine Runde bestellt und diesen Ton anschlägt, den man anschlägt, wenn man weiß, etwas ist vorbei, etwas ist verloren. Sie erinnern sich ans Wasser, in dem sie schwammen, an sein Blau, sein Grün und Grau, je nach Tageszeit, an die Gärten, durch die sie tobten, die Kartenspiele bei Regen, vor einem großen Fenster, und an das Licht, das der Abend brachte, um ihnen zu zeigen, morgen könnt ihr wieder baden. Sie erinnern sich an ein Gefühl, das sich sofort einstellte, sobald sie sich sehen konnten, sobald einer dieser seltenen Sommer kam und sie sich nach einer langen Reise an einem Gartenzaun in die Arme fielen, und das blieb, ganz gleich wie weit sie voneinander entfernt waren.

Zsóka, sie redet wie früher. Ihre Stimme hat sich nicht verändert, nicht einmal ihr Blick, ihre Art, die Dinge so zu sagen, daß alle lachen müssen. Sie nennt Anna so, wie sie seit Jahren niemand genannt hat. Sie sagt diesen

13

Kosenamen, den sie als Kind hatte, jedesmal wenn sie Anna anspricht, wenn sie Anna etwas fragt, und es stört Anna nicht, daß Zsóka sie so nennt, wie sie schon lange niemand genannt hat, es stört sie kein bißchen, nein, es gefällt ihr.

Sie möchten die letzte Umarmung hinauszögern, verschieben. Sie verabschieden sich lange, laufen langsam. Sie gehen zwei Schritte, bleiben stehen, reden, ihnen fallen neue Fragen ein, neue Dinge, die sie einander erzählen. Sie stehen dort, wo es zu Annas Hotel geht, an einer Straßenecke, vor einer blaßgrauen Mauer, mit Plakaten, die etwas ankündigen, das längst schon geschehen ist, und die Anna sich gemerkt, die sie sich eingeprägt hat, als alles noch gleich aussah, am ersten Tag. Die Stadt ist wie ausgestorben. Ein Obdachloser bittet um Geld, und Mártis Vater sagt zu Anna, siehst du, das hat es früher nicht gegeben, und er sagt es in einem Ton des Bedauerns, als trauere er darum, daß es all das, was es hier früher gegeben hat, heute nicht mehr gibt, und dafür anderes, das er gar nicht haben will.

Eines habe ihnen nicht gefallen, als sie Anna im Radio gehört haben, sagt Zsóka wie zum Abschluß, als wolle sie Anna das mitgeben, als wolle sie Anna nicht entlassen, ohne das noch gesagt zu haben. Auf die Frage, ob sie wiederkommen wolle, hätte sie gesagt, nein, sicher nicht, ich habe keinen Anlaß dazu, keinen Grund, und das nächste Mal, sagt Zsóka, und sie lacht dabei, solle Anna doch sagen, ja, natürlich werde ich wiederkommen, bald schon, ich muß doch Márti und ihre Eltern besuchen.

Anna wirft ihre Kleider in den Koffer, langsam, kraftlos, als wollte sie gar nicht. Sie steht am großen Fenster, ihr Blick fällt auf die Fassade gegenüber, auf eine Glühbirne, die sich grell im Fensterglas spiegelt. Es ist einer dieser Augenblicke, in denen nichts geschieht und die man trotzdem nicht vergißt, einer dieser Augenblicke, in denen man nichts tun kann, nur stehen und warten, bis er vorbeigeht. Anna trägt ihren Koffer nach unten, der Aufzug ist ausgefallen. Am Empfang verlangen sie zu viel fürs Telefon. Anna hat jeden Tag zu Hause angerufen, mehrere Male jeden Tag. Oft hat es nur ins Leere geklingelt, und jetzt verlangen sie selbst dafür Geld, für dieses Klingeln ins Leere. Es erleichtert ihr den Abschied. Das Taxi fährt sie durch die ruhige Sonntagsstadt, durch einen hellen, lauen Abend, der sagt, jetzt, da du gehst, kommt der Frühling.

Sie schreiben Briefe. Seitenlange Briefe, in denen sie sich alles erzählen. Das Wichtige, das Unwichtige. Sie beschwören ihr Treffen, immer wieder, wie einen Schatz, den sie gemeinsam geborgen haben. Zsóka schreibt: Deine Art, das Kaffeeglas mit beiden Händen zu umfassen, als wolltest Du die Hände so stillhalten, hat sich nicht verändert, und Anna schreibt: Deine Art, die Strähnen hinters Ohr zu streichen und mit einem Finger auf der Tischplatte zu kreisen, ist noch dieselbe. Sie schreiben sogar übers Wetter, sie besprechen es, das Wetter im Westen, das Wetter im Osten. Hier, bei Anna, der Sommer, der nicht kommen will, und wenn er doch kommt, nicht bleiben will, und dort, ein Sommer, der viel zu heiß ist, den sie kaum aushalten, in dieser Stadt aus Stein, mit ihren U-Bahn-Schächten, dem dichten Verkehr und den Schwimmbädern, die an heißen Tagen so überlaufen sind, daß Márti Angst davor hat, von der

Menge im Becken hinabgedrängt zu werden und zu ertrinken. Sie schreiben übers Essen, was sie frühstücken, sie Eier mit Zwiebeln und Speck, dazu dunklen Tee, und Anna Obst und Kaffee, einen großen Kaffee, mit viel Milch, nicht mehr. Anna fragt, mit was sie ihre Tage füllen, mit wem sie ihre Abende verbringen. Wo sie einkaufen. Wieviel es kostet. Wie lange sie dafür arbeiten müssen. Und was sie arbeiten, was Márti lernt, an ihrer Uni.

Jeder Brief endet mit Fragen, mit vielen Fragen, und jedesmal schließen sie mit, ich bin glücklich, Euch gesehen zu haben, und, wir sind glücklich, Dich getroffen zu haben, und dann stehen ihre Namen darunter, jeder Name in einer anderen Handschrift, Mártis Name als letzter, am kleinsten, schnörkellos, fast wie in Druckschrift. Sie schicken Fotos, von Geburtstagen, Weihnachten, vom Jahreswechsel, und Anna stellt sich vor, wie es gewesen sein muß, in diesem Augenblick, und wie sie gesagt haben könnten, laßt uns ein Foto schießen, für sie. Ein Bild von Márti heftet sie an die hellblaue Wand über ihrem Schreibtisch. Márti hat ihr Haar im Pferdeschwanz zusammengebunden. Ihre Sonnenbrille steckt über der Stirn. Eine Bluse trägt sie, mit kurzen Ärmeln, aus einem Stoff mit winzigen Karos, in Rosa und Weiß. Sie lächelt nicht, und trotzdem sieht sie aus, als würde sie.

Irgendwann hört es auf mit den Briefen. Anna wartet auf einen Gruß, ein Zeichen, auf eine Antwort, die aussteht, jedesmal wenn sie zum Briefkasten geht und sieht, da ist kein Kuvert, kein graues Kuvert, das sich dick und schwer anfühlt und Neues von Márti ankündigt, von Márti und ihren Eltern. Anna findet Ausreden. Sie ha-

ben zu lernen, sie haben zu arbeiten. Sie sind verreist.
Sie brauchen eine Pause. Sie wissen gerade nichts zu erzählen. Ihr kommt der Gedanke, sie könnte sie verletzt
haben, und sie geht ihre Briefe in Gedanken durch, um
zu finden, was es sein könnte, daß sie nicht mehr schreiben läßt, auch nach Monaten nicht. Anna schickt eine
Karte, von einer Reise. Ohne Frage, ohne Vorwurf, nur
zwei Sätze, über die Sonne, den Fisch, die Kirchen, zwei
Sätze, von denen sie glaubt, sie könnten Márti und die
anderen daran erinnern, daß es sie gibt. Sie wissen lassen,
daß sie wartet.

Über Umwege, auf denen die Sprache irgendwann auch
auf Márti kommt, auf Márti und ihre Eltern, hört sie
von ihnen. Nur zufällig. Bei einem Kaffee, einer Zigarette. Beiläufig, nebenbei und schonungslos, weil man
nichts weiß von Annas Briefen, ihren letzten Sätzen.
Zsóka habe einen kleinen, festen Knoten unter ihrer
Haut entdeckt, an einem Vormittag, beim Baden, dort,
wo sie mit der Seife über ihre Brust geglitten war, und
jetzt habe sie alles über sich ergehen lassen, was man
über sich ergehen lassen müsse, und ja, ihr Haar sei ausgefallen, ihr dunkles Haar, das sie an der Seite scheitelte
und das ihr mit einem Schwung in die Stirn fiel. Annas
erster Gedanke gilt der Bluse, die Zsóka getragen hat, an
diesem Nachmittag, in dieser Stadt, in diesem Café, an
die schwarze Spitze, die über dieser Brust gelegen hat,
über diesem winzigen Knoten, und plötzlich schmerzt
sie sogar das Schlucken, ihre Hand muß sich an etwas
festhalten, an der Stuhllehne, der Tischkante, und
durch ihren Kopf jagt nur noch ein Gedanke, es ist nicht
so, nein.

Später stellt sich Anna immer wieder vor, wie Zsóka spricht, mit den Ärzten, wie sie ihre Hände hebt, weil das ihre Art ist, wenn sie schnell redet, wie sie das Zimmer verläßt, die Tür leise schließt, als dürfe man sie nicht lauter schließen, als gebe es eine Regel, für solche Augenblicke. Wie sie langsamer geht als sonst, vorgibt, alles sei gut, ein Lächeln zeigt, an dem etwas nicht stimmt, und wie sie mit dem Wagen durch die Stadt fahren, Zsóka auf dem Rücksitz, und wie sie durchs Fenster schaut, auf eine Stadt, in der sich alles weiterdreht, in derselben Geschwindigkeit, derselben Lautstärke, auf den Straßen, den Bürgersteigen, an den U-Bahn-Eingängen. Wie sie später im Bad sitzt, in der Badewanne, in die sie lange Wasser laufen läßt, damit die anderen nichts hören, von dem, was jetzt mit ihr geschieht, wie sie nachts im Bett liegt, wach, während die anderen schlafen, und wie sie aufsteht, um barfuß in die Küche zu gehen, durch den Kalender zu blättern, um zu sehen, um zu rechnen, wie lange noch.

Anna schreibt. Heitere Briefe, belanglose, artige. Sie schreibt, was sie in Büchern liest, sie erzählt die Geschichten nach. Sie schreibt, was im Kino läuft, und fragt jedesmal: Kennt Ihr auch? Habt Ihr auch? Gefällt Euch auch?, streicht diese Fragen dann, um sie nicht denken zu lassen, sie müßten antworten. Sie bildet sich ein, die Briefe könnten Márti und ihre Eltern wegbringen von dem, was sie umgibt, wenigstens für zwanzig Minuten, wenigstens für eine halbe Stunde, wenigstens für die Zeit, die es dauert, einen Brief vorzulesen, langsam, wie sie es tun. Nichts erscheint ihr zu albern, um darüber zu schreiben. Sie schreibt über das Freibad, das immer am ersten Mai öffnet und in dem sie schwimmt, an jedem zweiten Morgen, wenn die Bahnen noch leer sind. Über die neuen Küchenregale, die ihr zu Hause plötzlich nicht mehr gefallen haben und die sie nun auf dem Balkon streicht, mit einem hellen Rot, für ihre weiße Küche, und über den Hund der neuen Nachbarn, der abends zwei Stunden durchbellt, von sieben bis neun, und dessen Gebell so durch die Wände dringt, daß sie die Abendnachrichten nie hören kann. Sie bildet sich ein, das Gerede von Hunden und Schwimmbädern, von Regalen und Abendnachrichten könnte sie ablenken, einen Alltag beschwören, der ihnen abhanden gekommen ist, einen Alltag, in dem ein bellender Hund, ein falsches Regal die schlimmste Aufregung sind. Plötzlich erschreckt Anna der Gedanke, genau das wird sie verraten, genau das wird ihnen sagen, sie weiß es, sie sagt nur nichts.

An einem Oktobertag, der mit blasser Sonne dunkelrote Blätter zeigt, liegt ein gelber Umschlag im Briefkasten. In dieser unverschämt gelben Farbe, mit diesem brüllenden Schriftzug, ein Telegramm für Sie!, der viel zu heiter, viel zu munter klingt. Es ist ein Telegramm, dessen Text Anna schon kennt. Ein Telegramm, das sie verfolgt hat, an jedem Tag der letzten Monate. Von dem sie wußte, es würde ankommen, aber von dem sie gehofft hatte, es käme nicht so schnell. Es ist eines dieser Telegramme, die man aufsetzt, um etwas in einem einzigen Satz mitzuteilen, als dürfe man dem nichts hinzufügen, als könne man solches nur so sagen, nur in einem Satz, ohne Umschweife, knapp, kurz, mit dem Namen, der Uhrzeit, dem Datum.

Anna vergißt, ihren Mantel überzuziehen, steigt die Treppen hinab. Sie geht durch den Park, am Wasser entlang. Sie läuft im Kreis. Derselbe Park, dieselbe Brücke, dieselben Häuser, dieselben Menschen auf einer Bank. Sie geht und schaut aufs Wasser. Sie kann nicht aufhören damit. Als könnte sie dieses Gehen und Schauen festhalten, als könnte es sie schützen. Als liefe sie durch ein Zimmer, aus dem sie niemand wegschickt, ein Zimmer, durch das sie gehen darf, solange sie nur möchte. Erst spät wagt sie sich zurück, in ihre Küche, an ihren Tisch, auf dem der gelbe Umschlag liegt. Sie wartet, bis sich der Morgen im Fenster zeigt, mit seinem ersten dunklen Blau, das immer gleich aussieht, auch heute unverändert gleich aussieht.

Sie denkt an Zsóka, an die Sommer mit ihr, an ihren kleinen roten Dreiecksmund, der spitz nach oben zeigte, an ihre Art zu reden, schnell, mit beiden Händen in der Luft, und an ihren Blick, als Márti und Anna sich umarmten, in einer leeren Stadt, an einer Straßenecke, vor einer blaßgrauen Mauer, mit Plakaten, die Anna sich gemerkt hatte, um zurück in ihr Hotel zu finden, an diesem Sonntag, von dem sie nicht wissen konnten, daß es ihr letzter Sonntag sein würde, und an ihre Stimme, mit der sie Annas Kosenamen sagte, als sei sie immer noch ein Mädchen und als habe es die Jahre, in denen sie sich nicht gesehen hatten, nicht gegeben.

Lydia

Damals sind wir gesprungen, Lydia und ich, so hoch
und so oft wir konnten, die Hände über unseren Köpfen, in bunten Kleidern, die Beine angezogen, die Füße
in dicken Schuhen, die wir beim Springen anlassen durften und die sich manchmal lösten und hinabfielen. Dort
unten am Hafen, wo hinter großen Gittern und Verbots-
schildern vier, fünf kleine Boote auf dem Wasser schau-
kelten, nicht mehr, vielleicht, weil es kein wirklicher
Hafen war, nur braunes Wasser vor einem endlosen
Platz aus Beton, auf den ein Zirkus seine Wagen und
Zelte und Buden stellte, in den Sommermonaten. Und
ein Trampolin, ein großes Trampolin, auf dem wir für
fünfzig Pfennig springen konnten, Lydia und ich.

Lydia schaute durch das Fernrohr, das man ans Wasser
gestellt hatte, neben ein Gitter, lange vor unserer Zeit,
als es hier noch Kräne und Schiffe und Hallen und
Waggons gegeben hatte, und sie schaute auch durch andere Fernrohre, bei jeder Gelegenheit, wo immer wir
waren. Ich begriff nicht, was sie daran mochte, an diesem Schauen durch ein dunkles Rohr, das die Welt ver-
kleinerte, nur einen Ausschnitt zeigte, aber vielleicht
mochte ich es bloß deshalb nicht, weil Lydia es so sehr
mochte, und weil ich wollte, daß mir einmal etwas
nicht gefiel, das ihr gefiel, und wenn es bloß das Schau-
en durch ein Fernrohr war. Ich verstand nicht, was Lydia sehen konnte, was überhaupt irgendwer sehen
konnte – außer der Farbe Grün konnte ich nie etwas
erkennen, und bis ich begriffen hatte, wie ich es halten

und drehen mußte, klappte die Linse zu, und es wurde schwarz.

Lydia tat jedesmal so, als sehe nur sie, was sie sah, als könne es kein anderer sehen, als sei das Fernrohr, durch das sie schaute, kein einfaches Fernrohr, in das jeder eine Münze werfen konnte, sondern nur für Lydia gemacht, nur für sie da, nur von ihr zu bedienen. Auf unseren Spaziergängen, Streifzügen, Ausflügen ließ sie keines aus, nicht das auf dem Aussichtsturm im nahen Wald, nicht das auf der Besucherterrasse des Flughafens. Jedesmal stellte sie sich auf dieses winzige Podest aus Stahl, mit ihren dicken Schuhen, Sommer und Winter, hielt sich fest an den Griffen, die ein Rot auf ihren Fingern ließen, rechts und links, und zog sich hoch daran.

Irgendwann gefielen Lydia diese Dinge nicht mehr, ohne daß sie oder ich gewußt hätten, warum, nicht das Fernglas, nicht das Springen, nicht die Zuckerwatte, rosa und weiß, aus der wir mit spitzen Fingern zupften und die einen Film aus Kristall auf unseren Zähnen ließ, nicht einmal mehr der Sommerhimmel, weit über uns, mit seinen Wolken, seinen wenigen Möwen und den Spuren der Flugzeuge, dieser Himmel, den Lydia immer gemocht hatte, weil er seine Farbe änderte, jedesmal wenn wir hochschauten. Davor hatte es uns gereicht, auf diesem Beton neben Booten zu liegen, und zum Himmel zu sehen, in dem die anderen Kinder zwischen Quellwolken und Möwen Drachen fliegen ließen, die sie von den Zirkusleuten hatten und die, sobald sich der Wind änderte, neben unseren Köpfen auf den Beton krachten, mit der spitzen Seite nach unten, wie ein Pfeil, den man abgeschossen hat. Wir nannten diesen Sommerhimmel unseren Himmel, weil es uns gefiel, wie er es zuließ, daß wir Drachen hochschickten, hochjagten, hoch zu ihm, und daß er seine Farbe änderte, von Augenblick zu Augenblick.

An ihrem sechzehnten Geburtstag legte Lydia die Kleider ab, die ihre Mutter für uns gekauft hatte, und faßte sie nicht mehr an. Kleider, die Lydias Mutter damals für uns bestellt hatte, mit dem wenigen Geld, das ihr blieb, aus Katalogen, die in den Hauseingängen lagen, im Frühling, im Herbst, und durch die Lydias Mutter tagelang, wochenlang blätterte, um Klammern an die Seiten zu stecken, Büroklammern aus Metall, jedesmal wenn ihr etwas gefiel, wenn sie glaubte, es könnte hübsch aussehen, an Lydia und an mir.

Zwei Jahre später packte Lydia ihre Taschen, die zwei kleinen, die sie hatte, mit dem Nötigsten, zwei Büchern, zwei Heften, einem Foto, nur wenigen Kleidern. Sie hatte uns, ihrer Mutter und mir, lange genug ihr neues Leben angekündigt, und ausgemalt, wie sie es sich vorstellte. Sie kannte es schon, jetzt, da es noch nicht angefangen hatte, selbst ihr neues Zimmer, das sie bald haben würde, richtete sie ein, in Gedanken, mit Möbeln und Teppichen, die anders aussehen würden als die ihrer Mutter. Handschuhe würde sie tragen, sagte Lydia damals, aus hellem Leder, zu jeder Jahreszeit, ihre Kleider würde sie in London kaufen, und nur noch dort, in keiner anderen Stadt der Welt. Und wir, Lydias Mutter und ich, ließen sie reden und glaubten nichts davon, weil Lydia oft von Dingen redete, die sie zu vergessen schien, sobald sie ausgesprochen waren, die auch nie eintrafen, wenigstens nicht so, wie Lydia es sich ausgemalt, wie sie es sich vorgestellt hatte. Vielleicht wollten wir ihr auch nicht glauben, weil wir nicht wollten, daß un-

23

ser Leben eins ohne Lydia sein würde. Zu mir sagte Lydia, wenn wir alt sind, du und ich, ganz alt, werden wir einander haben, immer noch, oder wieder, und dann wird uns nichts mehr etwas ausmachen, nicht der Herbst, nicht der Winter, nicht unser weißes Haar. Wir werden einander haben, wiederholte sie, zwei Monate bevor sie verschwand und mich zurückließ mit der Frage, wann.

Lydias Mutter saß lange vor dem Fenster auf einem Stuhl, auf einem, den Lydia und ich weiß gestrichen hatten, im Sommer davor, weil wir in jenem Sommer alle Möbel von Lydias Mutter weiß strichen. Lydias Mutter hatte es erlaubt, wie sie alles erlaubte, was Lydia vorhatte, und dann, nachdem Lydia gegangen war, saß sie vor dem Fenster, auf diesem einen Stuhl, auf den Lydia mitten ins Weiß einen Streifen und zwei Blumen in Blaßrosa gesetzt hatte, mit einer selbstgeschnittenen Schablone. Sie zog ihren Mantel nicht mehr aus, ihren alten karierten Mantel, der nicht zu ihrem Rock paßte und den Lydia immer schon hatte verstecken, verbrennen wollen, auch die Handschuhe ließ sie an und hielt sich mit einer Hand fest, an ihrem Mantel, als könne dieses Stück Stoff sie halten.

Wir warteten, Lydias Mutter und ich, und es dauerte, bis wir begriffen, daß Lydia nicht mehr da war, daß sie die Tür hatte hinter sich ins Schloß fallen lassen und weggeschwebt war, in ihrer dunklen Jacke, ihrer Mütze, die Treppe hinab, die Straße hinunter, bis zur Haltestelle, mit ihren zwei kleinen Taschen und ihrem Ticket, für das sie lange gespart hatte und mit dem sie jetzt zum Flughafen fuhr und dann in einer Maschine saß, der wir nicht nachschauen wollten, Lydias Mutter und ich.

Aber wir stellten uns all das vor, während wir weiter auf weißen Stühlen am Fenster saßen, auch in den Tagen und Wochen danach, wir stellten uns auch vor, wie Lydia mit ihren zwei Taschen vor dem Einsteigen zur Besucherterrasse geeilt war, in den letzten Minuten, die ihr blieben, bevor ihr Flug aufgerufen wurde, um noch einmal durch dieses Fernrohr zu schauen, die Hände an den Griffen, rechts und links, ein letztes Mal.

Und jetzt liegt diese Karte auf meinem Bett, daneben ein Schlüssel, an einem roten Band, einem feuerroten, und eine Adresse, eine Londoner Adresse, Lydias Kuß-mund, auch in Feuerrot, den sie auf all ihre Briefe setzt, daneben der Pin-Code, den man eingeben muß, wenn man will, daß sich ihre Haustür öffnet, und sechs Worte, so wie sie immer schreibt, kein Brief, eher eine Parole, die sie ausgibt: Come to see – fall and me.

Es dauert, bis ich anrufe, vielleicht, weil ich zu oft daran denke, daß Lydia nie zu uns gekommen ist, nicht für einen Tag, nicht einmal, um ihre Mutter zu sehen, daß sie jeden Sommer Erklärungen fand, die nie Erklärun-gen waren, und weil ich immer noch zu oft daran denke, daß sie nicht nur so tat, als paßten wir nicht länger zu ihr, sondern weil sie mich glauben ließ, es habe nie ge-paßt, mit uns, es habe sie und mich nie gegeben, keine Kleider aus Katalogen, keinen Platz, den wir Hafen nannten, keinen Zirkus, der ein Trampolin aufstellte und Drachen verteilte, keine Fernrohre, durch die Lydia sehen konnte. Ich bin erleichtert, jetzt, da nur das Band anspringt und Lydias Stimme auf Englisch die Telefon-nummer wiederholt, die ich gewählt habe, und ich sage etwas, mit schwacher, zögerlicher Stimme, etwas, das anfängt mit: Hallo, Lydia, ja, mit einem schwachsinnigen, nichtssagenden Ja, das nichts einleitet, und später, wenige Stunden später, ruft Lydia zurück und fragt: Hast du was, du klingst so komisch?

Sie holt mich ab am Flughafen, lacht ihr weites Lachen, hört nicht auf damit, legt den Arm um meine Schulter, nimmt ihn nicht mehr weg, auch nicht später, in der Bahn, nicht auf der Rolltreppe, nicht im Hausflur, neben den Briefkästen, in dem kleinen Aufzug, der seine schwarzen Scherengitter schließt, uns nach oben trägt. Sie läßt mich aufschließen, mit dem Schlüssel an dem roten Bändchen, den sie mir geschickt hat, steht daneben, schaut auf meine Hände, darauf, wie ich den Schlüssel drehe, und sieht aus dabei, als habe sie auf diesen Augenblick gehofft, ihn herbeigesehnt.

Ihre Wohnung ist weiß gestrichen, in einem Weiß, das ins Cremefarbene kippt, ihr Bett mit weißer Wäsche bezogen, die Tücher in Bad und Küche sind weiß. Lydia sagt, eine andere Farbe kann sie nicht ertragen, nicht an Möbeln und Wänden. Ein Foto hat sie an die Wand gesteckt, mit zwei Nadeln, in der Küche, über der Spüle, neben weißen Kacheln, eines, das Lydias Mutter damals von uns gemacht hatte: Lydia und ich, ohne Köpfe. Der Ausschnitt zeigt nicht uns, er zeigt die neuen Kleider an uns, aus einem Stoff voller Blumen, voller winziger Blumen. Jeder kann uns sofort unterscheiden, auch ohne Köpfe, schon weil wir unsere Hände so halten, wie wir sie halten, jede auf ihre Art. Meine Hände sind geballt, es sieht aus, als wollte ich sie verstecken, zurückziehen. Lydias Hände sind offen, selbst beim Stehen in Bewegung. Lydia fragt: Weißt du noch, diese Kataloge?, und versucht ein Lachen, sieht aber aus, als ärgere sie sich, immer noch. Mädchenkleider, sagte Lydias Mut-

26

ter damals dazu, und Mädchenkleider sagte damals
auch Lydia, aber in einem ganz anderen Ton, und ich
bin sicher, in dem Augenblick, in dem Lydias Mutter
dieses Foto gemacht hatte, wollte sie nicht, daß
Lydias Gesicht, ihr Blick zu sehen sein würden, sondern bloß die Kleider, die uns länger als einen Sommer paßten, mit schmalen weißen Gürteln aus Plastik
und grauen Cardigans. Lydia hat mit dickem Bleistift
in eine Ecke geschrieben: Lydia und Vicki – schön,
auch ohne Köpfe.

Sie geht durch die Wohnung, setzt Kaffee auf, fragt:
Trinkst du ihn noch so?, und dann sagt sie, einen Ring
habe sie für mich, einen Ring, den sie für mich entwor-
fen habe, nur für mich, in einem blassen Blau, weil Blau
doch meine Farbe sei, Blau wie dieses Blau des Him-
mels, das wir kennen, von damals noch, dieses Blau, das
sich immerzu ändern konnte, genau dieses Blau sei es,
ob ich mich erinnere? Ich streife den Ring über meinen
Finger, frage mich, wie ihr das gelungen ist, nach all den
Jahren, einen Ring für mich zu entwerfen, zusammen-
zusetzen, hier, unter ihrer kleinen weißen Lampe, mit
ihrer kleinen Zange, einen Ring aus Drähten und Steinen, durch die ich hindurchsehen kann, der mir sofort
gefällt, weil er mein Blau trägt, und der mir paßt, auf
Anhieb, und Lydia sagt, schön sieht er aus, dieser Ring,
an dir, an deinem Finger, und schaut auf meine Hände,
wie nur sie schaut, die Augen etwas kleiner als sonst,
den Kopf zur Seite gekippt, die Hände in die Hüften
gestemmt.

Lydia sieht aus, wie sie aussieht, weil sie nicht ißt, weil
sie sich den Hunger verkneift, weil sie mit Kräutertee
getränkte Watte in ihren Mund legt, wenn sie mich nicht

27

davon abhalte. Ihr kleiner Kühlschrank ist leer, fast leer, eine Flasche mit altem Saft, längst abgelaufen, eine Gel-Augenmaske, die Lydia morgens auf ihre Lider legt, wenn sie ihren Kaffee ohne Koffein trinkt, in ihrem weißen Bademantel, ihrem weißen Tuch, das sie sich als Turban um die nassen Haare gewickelt hat, in ihren weißen Schühchen aus Frottee, die ihre Zehen zeigen, die weißlackierten Nägel. Wenn sie morgens so sitzt, mir gegenüber, vor diesem Fenster, das weiße Sprossen zerteilen und das Lydia hochschiebt, nach jeder dritten, vierten Zigarette, kommt mir immer wieder der Gedanke, es wird kein Alter geben für uns zwei, jedenfalls nicht so, wie Lydia es sich gedacht, wie sie es sich ausgedacht hat, damals, kurz bevor sie gegangen war: sie und ich, gebeugt, gebückt, uns festhaltend, aneinander. Später, über den Tag verteilt, ist es immer wieder dieser Satz, der zurückkehrt, in meinen Kopf: Es wird kein Alter für uns geben.

Ich denke es auch, als wir die Wohnung verlassen und Lydia von einem Laden zum anderen jagt, von einem coffeeshop zum nächsten, hinein und hinaus, mit diesem Klingeln an der Tür, das uns ankündigt, und ihrem lauten Hello-o-o, mit einem langgezogenen, ausklingenden o, wie nur Lydia es spricht, dieses Hello-o-o, ein bißchen wie eine Einladung, eine Aufforderung, ein bißchen auch als Drohung, als seien die anderen da, um sie zu unterhalten. Ich denke, es wird kein Alter geben für uns, vielleicht, weil ich glaube, Lydia ist kein Mensch, der alt wird, der irgendwann alt aussieht, der eine Falte im Gesicht zuläßt, ich denke es jetzt, da ich ihr dabei zusehe, wie sie diesen Laden durchquert, in der Diagonalen, mit ihrer Jackie-O.-Brille, mit dieser einen gefärbten Strähne, die auf ihrer Stirn klebt, ihrem

28

schwarzen Kostümchen, mit diesem Rock, der ihr gerade über die Knie reicht und noch so viel Bein zeigt, daß mir ein bißchen schlecht wird davon, vielleicht, weil ihre Beine so sind, wie sie sind, und mit diesen Schuhen, ihren hohen Absätzen und Riemchen, die auf den Knöcheln liegen und Lydias Bein einteilen, in ein Oben und ein Unten.

Damals, mit fünfzehn, sechzehn, siebzehn, als wir einander hatten, jeden Tag, jede Stunde, hat es mich nie gestört, wenn man Lydia und mich für ein Paar hielt. Mir gefiel, daß man glaubte, ich könne mit jemandem wie Lydia zusammensein, und daß man von Lydia dachte, sie wolle jemanden wie mich. Uns machte es Spaß, Gerüchte und Lügen und Geschichten in die Welt zu setzen, und wir lachten, wenn die anderen uns glaubten und hinter uns flüsterten und kicherten und auf uns zeigten. Aber jetzt stört es mich, zum ersten Mal stört es mich, daß man uns für ein Paar halten könnte, in jedem dieser coffeeshops, in jedem dieser Geschäfte stört es mich, jedesmal wenn Lydia die Tür aufstößt, mit diesem Klingeln, und wenn sich die Blicke dann auf uns richten, auf Lydia und mich.

Wir gehen Tee trinken, den sie in einer Kanne aus Silber bringen, dazu Scones, von denen Lydia nicht einen ißt. Später gehen wir durch einen großen Park, weil ich darauf bestehe, und in dem Lydia aussieht, als langweile es sie, ohne Menschen, ohne Geschäfte. Blätter segeln hinab, gelbe, braune Herbstblätter. Du hast ein Blatt in deinem Haar, sage ich, soll ich es wegnehmen? Lydia nickt, ich greife in ihr Haar, zeige ihr das Blatt, ein kleines rotes, und dann segelt es vor uns auf den Boden. Ein Junge in einem dieser dunklen kurzen Mäntel, wie sie die

Kinder hier tragen, läuft über den Rasen, über diesen leuchtend grünen, dichten Rasen. Er hält ein Seil in seiner Hand. Sein Drachen flattert in einem farblosen Himmel, weit oben, ein Drachen, wie wir ihn damals gesehen haben, wenn wir auf dem Beton am Hafen lagen, die Arme hinter unseren Köpfen verschränkt. Lydia bleibt stehen, sieht hoch, diesem rosafarbenen Drachen nach, den ein Wind wegträgt und der an dem Jungen, der kleiner wird und immer schneller läuft, zerrt und zieht, und so stehen wir eine Weile, bis Lydia sagt, es sieht aus, als wolle er ihn mitnehmen.

Eiszeit

Sie haben Schnee gemeldet. Heute mittag soll er fallen, bei einer Temperatur um die null Grad. Für die Jahreszeit zu warm, hat Becky am Telefon gesagt. Carola hat sich einen Mietwagen genommen, damit Becky sie nicht abholt. Sie kann sich noch erinnern, wie Beckys Tag aussah, vor Jahren, als Carola sie das erste Mal mit Mann und Haus und allen drei Kindern gesehen hatte, und ihr so wenig Zeit geblieben war, daß sie nicht einmal ans Telefon konnte, wenn es klingelte. Becky hat darauf bestanden, zum Flughafen zu fahren, aus Angst, Carola würde mit ihrem Mietwagen liegenbleiben, im angekündigten Schnee, auf der Straße, in einem Graben. Carola hat ihr eine falsche Zeit für die Ankunft genannt, und später, als sie Becky vom Autoverleiher aus anrief, um ihr zu sagen, sie sei schon da und fahre gleich los, hat Becky gelacht, dieses Becky-Lachen, das lange dauert und weiterlacht, wenn die anderen längst schon aufgehört haben.

Der Autoverleiher hat Carola die Nummern der Straßen aufgeschrieben, und die Namen der Orte, damit sie die Abzweigungen, die Ausfahrten nicht verpaßt, dann zwei Telefonnummern, sie auf den Tresen gelegt, mit einem gelben Stift eingekreist und leise gesagt, in case you get lost. Die Autos gleiten lautlos und langsam über breite Straßen, unter großen grünen Schildern mit weißer Schrift. Carola setzt den Blinker öfter als sie müßte, nur, um dieses Geräusch zu hören, dieses gedämpfte, langsame Klick-Klack, nur, um den kleinen blauen Pfeil am Armaturenbrett zu sehen, der im Takt dazu auftaucht und verschwindet. Hier ist das Land flach. Ein schmutzigbrauner Wintertag klebt auf den Äckern. Der Himmel zeigt sich mattgrau. Keine Spur von Schnee.

Als sie einbiegt, in Beckys Straße, die breit und flach liegt, wie alle Straßen in diesen Orten, mit wenigen Häusern, großen Gärten ohne Zäune, kann sie die Kinder schon sehen, in ihren bunten Schneeanzügen, aus denen Handschuhe baumeln, in ihren hohen Stiefeln aus Kunststoff, die an den Knien festgeschnürt werden, in ihren Mützen mit langen Zipfeln, die sie so über den Kopf ziehen, daß nur die Augen frei bleiben, und die sie aussehen lassen wie Zwerge. Vor dem Haus haben sie gewartet, auf Carola, darauf, daß ihr Leihwagen um die Ecke biegen würde, und sie loslaufen könnten, um an die Scheiben zu klopfen, die Fahrertür aufzureißen, und Carol! und Welcome! zu brüllen, wie Becky es ihnen irgendwann beigebracht hat. Sie zerren Carola aus dem Wagen, nicht einmal ihre Jacke kann sie anziehen, der Junge nimmt ihre rechte Hand, das kleinere Mädchen klebt an ihrem linken Bein, das größere schreitet voran, als müßte es Carola den Weg zeigen, hier, auf den letzten Metern, die zwischen totem Gras zu den Treppen führen, auf denen Becky jetzt steht, in einer Männerstrickjacke mit Zopfmuster, dicken Hausschuhen, die Arme weit ausgebreitet.

Carola kommt sich albern vor, sofort kommt sie sich schrecklich albern vor, mit ihren Schuhen auf Absätzen, ihren hellen Strümpfen und rotgeschminkten Lippen, ihrem Schal, der kaum dafür gedacht ist, warm zu halten, hier, mitten im nirgendwo, wie Becky es nennt, wo niemand auf die Idee käme, von Oktober bis April etwas anderes anzuziehen als Schneeanzüge und Schnürstiefel. Sie umarmen sich lange, schauen sich an, halten sich an den Armen, an den Händen, lachen, schütteln die Köpfe, umarmen sich wieder. Die Kinder zerren an beiden, als hätten sie es eilig, als dürften sie keine Zeit verlieren. Die Hauswand ist bemalt, mit bunten Stiften, Haus, Sonne, Schneemann, Vögel, eine Frau und drei Kinder, die sich an den Händen halten. Carola zeigt darauf, Becky lacht, zuckt mit den Schultern und sagt, der nächste Schnee, der nächste Regen wird es wegwaschen.

Becky riecht nach Mandeln, nach Zimt, ihre Haare, ihr Hals riechen danach. Sie hat Waffeln gebacken, aus dem Waffeleisen in der Küche quillt Teig, das rote Lämpchen geht an und aus, und während die Kinder ihre Schneeanzüge und Stiefel ausziehen, sich an den Tisch setzen, mit dem Besteck auf ihre Teller klopfen, Carol! Carol! rufen und sich streiten, wer neben ihr sitzen darf, schaut Carola sich um, nur kurz, nur, um sich zu vergewissern, daß sie jetzt dort ist, wo sie sein wollte, seit Wochen schon, wohin sie sich jedes Jahr sehnt, sobald die Tage kürzer werden, kürzer und dunkler, sobald sich der Herbst endgültig verabschiedet hat, die Bäume blätterlos sind und der Himmel nicht mehr aussieht wie ein Himmel, sondern nur noch wie ein schmutziges dickes Tuch, das ihn zudeckt.

Die Kinder sitzen vor drei großen Fenstern, die zur Terrasse führen, die Katzen liegen davor in einem Korb, auf einer Häkeldecke, voll mit Katzenhaaren, an denen sich hier niemand stört. Sie heben die Köpfe, wenden sich gleich wieder ab, mit diesem ungerührten Katzenblick, um weiterzuschlafen. Die Treppe von der Terrasse zum Garten ist noch nicht fertig. Seit Jahren wird sie nicht fertig, und mittlerweile, glaubt Carola, ist es Becky sicher gleich, ob sie überhaupt noch gebaut wird, diese Treppe, für die zwei Säcke Beton und eine Mischmaschine seit Jahren in der Garage stehen. Hinter dem Garten beginnen die Felder, die Wiesen. Schneereste liegen an den Rändern, wie kleine unbewohnte Inseln in einem grünbraunen Meer. Wenn Carola im Sommer kommt, springen die Kinder in einen aufblasbaren Pool, und Becky und sie sitzen auf der Terrasse ohne Treppe, trinken rosa Limonade aus dem Kühlschrank und legen die nackten Füße auf Klappstühle, die Becky bei den ersten Sonnenstrahlen aus dem Keller holt.

Auf dem Kühlschrank kleben Fotos und Zettel, mit Namen und Telefonnummern, für Notfälle, seit die Kinder da sind, und Postkarten, die Carola geschickt hat, von Reisen, die Becky nie unternommen hat und niemals unternehmen wird. Sie verreist einmal im Jahr, für zwei Wochen im Sommer, wenn die Kinder nicht zur Schule gehen, zum Camping, in einen Nationalpark, oben im Norden, wo sie ihren Camper unter Kiefern an einem Seeufer abstellen, an dem sonst niemand ist, wo die Kinder in kurzen Hosen durch die Wälder streunen, sich die Beine zerkratzen, von einem Holzsteg, an dem sie ihr Kanu festbinden, ins Wasser springen, immer und immer wieder, abends Marshmellows an langen Zweigen in ein Feuer halten, den Moskitos zusehen, wenn sie in die Flammen fliegen, und dann, nachts, auf ihren schmalen Liegen, unter Netzen, auf Bären warten, die im Müll nach Resten suchen.

Einmal hat Carola den Sommer so mit ihnen verbracht, und sie und Becky hatten den Wagen stehen lassen, waren zu Fuß gegangen, stundenlang, jeden Tag, hatten den Vögeln zugesehen, wie sie übers Wasser flogen, und jedesmal wenn ihnen die Sonne zu heiß wurde, waren sie in einen der vielen Seen gesprungen. Frühmorgens, wenn die anderen noch schliefen, hatten sie das Kanu geschultert, waren losgelaufen, mit ihren kleinen Rucksäcken, um es irgendwo, weit genug entfernt von den Stimmen der Kinder, aufs Wasser zu setzen und loszurudern, ohne etwas zu sagen, bis ein Baumstamm, der an einer flachen Stelle aufs Wasser gefallen war, sie nicht weiterließ, oder Steine an einer Stromschnelle, und sie das Kanu hochnahmen, aufsetzten und eine Weile am Ufer entlang liefen.

Nicht einmal zum Einkaufen hatten sie den Wagen nehmen wollen, obwohl sie zu Fuß zwei Stunden zu der Blockhütte mit dem Laden brauchten und sie die Einkäufe in ihren Rucksäcken den ganzen Weg zurücktragen mußten. Carola hatte es gefallen, in Turnschuhen und kurzen Hosen zu sein, ohne Schmuck, ohne Schminke, eine rote Kappe mit Schirm zu tragen, die den Schriftzug des Nationalparks trug und ihr Gesicht vor der Sonne schützte, die nur selten zu heiß wurde, und neben Becky wortlos über Pfade und Wege zu gehen, in einer gleichbleibenden Geschwindigkeit, über Kiefernnadeln, die weich unter ihren Schritten lagen, umgeben vom Harz der Wälder.

Jedesmal hatten sie vor dem Laden Rast gemacht, erst dort angefangen zu reden, nur wenig, und viel gelacht, so wie man lacht, wenn man nichts zu befürchten, nichts zu verbergen hat. Becky hatte Tee in Bechern gebracht, und Muffins auf einem kleinen Tablett, und dann hatten sie lange unter dem Eisschild auf einem Bänkchen aus Holz gesessen, an ihren Moskitostichen gekratzt und sich von jedem ansprechen lassen, der mit braunen Papiertüten aus dem Laden kam und in der Stille jemanden suchte, mit dem er drei, vier Sätze wechseln konnte, über die Sonne, die Seen und die Bären, die nachts kamen, um den Müll umzuwerfen.

Alles ist wie beim letzten Mal, wie bei allen letzten Malen. Nur die Kinder sind verändert. Größer sind sie, schlauer, wilder noch. Die Möbel stehen an derselben Stelle, die Bilder sind dieselben, kleine Impressionistendrucke aus dem Kaufhaus, in roten und blauen Rahmen. Selbst in den Regalen ist alles gleichgeblieben, die wenigen Bücher, die Videokassetten, die kleinen Figuren aus Glas, die Becky eine Zeitlang gesammelt hat. Beckys Frisur ist die gleiche, ihr dunkles Haar, das in vielen kleinen Stufen auf die Schultern fällt, ihre Kleider sind dieselben, sogar die Ohrringe, die sie schon zur Hochzeit trug, zwei Kristalle in einer goldenen Fassung, die sie abends auszieht und in ein Schälchen legt, im Badezimmer, das seit Jahren seine gelbe Farbe behalten hat, obwohl Becky nach dem Einzug gesagt hatte, sie wolle kein gelbes Bad, das sei das erste, das sie ändern müßten.

Becky kümmert sich nicht um diese Dinge, ihr Mann schon gar nicht. Die Kinder dürfen die Tapeten bemalen und abreißen, und Becky lacht darüber. Sie dürfen ihre Mutter beschimpfen, und sie lacht darüber. Sie dürfen tote Vögel, die sie auf den nahen Wiesen oder Feldern gefunden haben, vor die Haustür legen, und Becky lacht auch darüber. Abends müssen sie nicht ins Bett, sie schlafen einfach ein, im Spiel, auf den Treppen, dem großen Teppich vor dem Fernseher, neben den Katzen, am Terrassenfenster, und Becky sammelt sie später ein, wie etwas, das sie vergessen hat, etwas, das noch herumliegt. Sie hebt sie hoch, trägt sie in ihre Zimmer, verteilt sie auf Betten, zieht sie aus, streicht über ihr Haar, deckt sie zu und löscht das Licht. All das hat Carola mit einer Leichtigkeit umgeben, die ihr ansonsten fremd ist, immer schon, sobald sie dieses Haus betreten hat, und wenn sie abgefahren war, nach Wochen, war es ihr gelungen, dieses Gefühl nicht gleich zu verlieren, es zu bewahren, einen verzögerten Moment lang, wie die Bräune, die sie nach diesem einen Sommer auf ihrer Haut trug und die sich erst nach Wochen ganz auflöste.

Carola setzt sich zwischen die Mädchen, die ihr einen Berg Waffeln auf den Teller legen und Ahornsirup darübergießen, bis Carola laut Stop! sagt. Becky lehnt am Küchenschrank, mit einem Schöpflöffel in der Hand. Sie sagt, du mußt müde sein, wenn du dich hinlegen willst: dein Zimmer wartet schon, und die Kinder schütteln heftig die Köpfe, als sei es etwas, das sie ihrer Mutter verboten hätten: Carola das Schlafen zu erlauben.

Christopher kommt am Abend, stellt den Wagen vor die Garage, läßt die Tür laut ins Schloß fallen und ruft Carol!, und noch einmal Carol!, durch den Flur. Er trägt eine Daunenjacke, Jeans, dicke Schnürstiefel, die eine nasse Spur auf die Fliesen setzen, und bevor er Carola umarmt, reißt er sich die Mütze vom Kopf und fährt sich durch die Haare, durch diese blonden Haare, die so kurz sind, daß sie ein Armeefriseur geschnitten haben könnte. Er schaut in die Küche, wirft sich auf die

Couch, schaltet den Fernseher ein, und Becky zuckt mit den Schultern, als wollte sie sagen, du kennst ihn doch.

Carola wacht nachts auf. Schnee fällt. In dicken, schweren Flocken, wie es sie nur hier gibt. Sie schlägt die Bettdecke zurück, legt sich Beckys Bademantel um die Schultern, stolpert über Spielzeugautos, Spielzeugeisenbahnen, zieht den Vorhang zur Seite und stellt sich ans Fenster, das in den Ecken beschlägt und erste Eisblumen zeigt. Das Haus liegt still. Die Kinder, die Katzen schlafen. Es wird dauern, wie jedesmal, bis Carola nicht mehr so früh am Morgen wach wird und abends mit den anderen aufbleiben kann.

Vor Jahren waren sie im Winter bei diesem Wetter Richtung Westen aufgebrochen. Becky hatte Skier und Schlittschuhe eingepackt, und nach Stunden waren sie durch einen lautlosen, weißen Wald gefahren, auf einer breiten, asphaltierten Straße, auf der ihnen lange niemand entgegenkam. Der Schnee fiel dichter. Becky fuhr langsamer, schaltete das Radio aus, und als sie nur noch die Scheibenwischer hörten und durch den kleinen Ausschnitt schauten, der frei von Schnee blieb, hatte unter Tannen, nah an der Straße, ein Elch gestanden, dunkel im Weiß ringsum, regungslos, als sei er kein Tier, sondern etwas aus Stein oder Lehm. Nicht einmal seine Augen hatten sich bewegt. Becky hatte den Wagen angehalten, die Scheibenwischer ausgeschaltet, auch die Lichter. Sie hatten das Fenster herabgelassen, sich nicht gerührt, und auch das Mädchen, das es damals schon gab und das mit dicken Schuhen und Schal auf der Rückbank saß, war stillgeblieben.

Sie hatten in Motels übernachtet. In kleinen, dunklen Zimmern, mit Duschbädern aus Plastik, mit laut brummenden, klappernden Heizungen, die man nicht herunterdrehen konnte, und die Carola mit Kopfschmerzen und verquollenen Augen aufwachen ließen, wenn Becky schon auf der Bettkante saß und Kaffee aus einem Pappbecher trank, den sie irgendwo an der Straße besorgt hatte. Becky hatte nichts etwas ausgemacht, nicht die Hitze im Zimmer, nicht die Kälte draußen, in dieser Zuckerlandschaft, wie Becky sagte, nicht die vereisten Gehsteige vor den Türen, über die sie ihr Mädchen trug, auf dem Rücken, in einem gepolsterten Sack. Nur die Waschbären hatten sie gestört, weil sie ihr den Schlaf raubten, wenn sie über die Dächer liefen, durch die Regenrinnen, das Eis, den Schnee darin. Carola hatte sie fotografiert, immer wieder, und Becky hatte die Augen verdreht. Carola war nur zögernd, nur auf Beckys Drängen hin in den Wagen gestiegen, wenn sie Waschbären entdeckt hatte und mit ihrer Kamera rund ums Motel lief, um ihnen zu folgen. Seitdem hofft sie jedesmal, wenn sie hier ist, auf den ersten Waschbären, wie auf ein Zeichen.

Einmal waren sie in einem großen, besseren Hotel geblieben, mit langen Fluchten, von denen die Zimmertüren abgingen, großem Speisesaal, Leuchtern unter den hohen Decken, dunkelroten Sofas und Vorhängen. Von ihrem Zimmer aus, das kühl blieb, trotz der großen Heizung, hatten sie auf den zugefrorenen See geschaut, eingerahmt von Bergen unter Schnee. Sobald es dämmerte, am Nachmittag, gehörte der See ihnen allein. Sie zogen die Schlittschuhe an, Becky schnallte ihre Tochter auf den Rücken, und dann glitten sie Hand in Hand über blaßblaues Eis, vorbei an Eisstöcken, die man erst am nächsten Morgen wieder schießen würde, unter einem nahezu schwarzen Himmel, aufgebrochen nur von den weißen Spitzen der Berge.

Carola steht auf, geht in die Küche, schaltet den Wasserkocher ein, für ihren Beuteltee, setzt sich auf das Sofa, auf dem am Abend zuvor Christopher gelegen hat, mit dicken Stricksocken, die er später abgestreift und auf dem Teppich liegengelassen hat. Das Radio sendet die Fünf-Uhr-Nachrichten, kaum hörbar, Carola dreht die Lautstärke höher. Sie sagen einen Schneesturm voraus für den Abend, die Temperatur soll fallen, schon gegen Mittag. Carola zieht den Gurt des Bademantels fester, schlägt den Kragen hoch, sieht aus dem Küchenfenster und sucht den Himmel ab, als müßte sie einen Beweis dafür finden, als reichten ihr nicht die Eisblumen, nicht der Schnee, der weiter in dicken Flocken fällt und den ein Wind über die Terrasse fegt.

Wenn der Sturm kommt, können die Kinder nicht zur Schule, sagt Becky, die eigentlich Rebecca heißt, aber seit sie hier lebt nur noch Becky genannt wird, selbst von Carola, als sei Rebecca ein Name, der nicht passen kann zu diesem Land, seinen kurzen, heftigen Sommern und ewigen Wintern, mit seinen Elchen, seinem Eis, seinen Schneeanzügen und Schnürstiefeln, als könnte, wer hier lebt, nur Namen tragen, die auf i, auf y enden. Dann fährt der Bus nicht, sagt Becky, die Schulen schließen, auch Christopher wird nicht arbeiten, schon heute nicht, der Lieferwagen bleibt stehen, in der Stadt, in einem Hof, in einer Garage, keine Versicherung würde jetzt für einen Schaden zahlen. Becky hält sich fest, mit beiden Händen, an einer großen Tasse, in die sie schaut, als könnte sie darin etwas entdecken, und

40

etwas läßt Carola jetzt, da Becky sich an ihrer Tasse so festhält und redet, etwas läßt sie denken, Becky mag es nicht, wenn Christopher zu Hause bleibt, sie mag es überhaupt nicht.

Die Kinder laufen ohne Frühstück in den Garten. Becky ruft, zieht wenigstens die Mützen an!, aber das Kreischen der Kinder übertönt es. Sie fegen den Schnee mit bloßen Händen von den Fensterbänken, werfen Schneebälle in hohem Bogen durch die Luft, gegen die Terrassentür, gegen das Küchenfenster, auf dem ein Abdruck bleibt. Christopher reißt die Tür auf, brüllt in den Garten. Die Kinder verstummen, halten inne, mitten in ihrer Bewegung, lassen die Arme fallen, kneten aber weiter ihre Schneebälle mit kalten, roten Fingern, legen sie von einer Hand in die andere. Der Junge senkt den Blick. Christopher gießt sich Kaffee ein, schaut aus dem Fenster, und solange er schaut, spielen die Kinder nicht. Sie stehen und kneten ihre Schneebälle, mit kalten, roten Fingern. Christopher hebt seine Tasse wie eine Belohnung, die ihm zusteht. Er trinkt laut und schnell. Carola kann sein Schlucken hören.

Christopher steigt unter die Dusche, verstreut seine Wäsche auf dem Boden, die Becky später aufsammeln wird, später, wenn sie die anderen Mütter angerufen hat, wegen des Sturms, der kommen soll, ob die Kinder heute noch den Schulbus nehmen. Carola steht unschlüssig, unsicher, nie zuvor hat sie in diesem Haus, in Beckys Nähe so gestanden, als wüßte sie nicht, wohin, mit sich, mit ihrer leeren Tasse Beuteltee, die sie immer noch in den Händen hält. Es ist, als habe sie keinen Platz in diesem Reigen aus Schneebällen, aus Sturmwarnungen, aus dem Geschrei der Kinder, das verstummt war und jetzt wieder einsetzt, und aus Christopher, der heute zu Hause bleibt, weil sie ihm nicht erlauben, den Lieferwagen über die Straßen zu bewegen.

Christopher geht später ohne ein Wort, wohin, sagt er nicht, und Becky fragt nicht. Wenn sie hört, wie die Haustür ins Schloß fällt, und kurz darauf die Wagentür, hofft sie manchmal, wie sie jetzt zugibt, hier, am Fenster, mit seinen Eisblumen, die den Garten silberweiß einrahmen, daß er wegbleibt. Wegbleibt, als sei er nie dagewesen, als habe es ihn nie gegeben, und sie sagt es in einem Ton, in dem sie genausogut sagen könnte, nimm doch noch Tee, oder, hast du gut geschlafen? Manchmal gibt sie sich diesem Gedanken hin, sagt Becky, den ganzen Tag lang, und es reicht, sie durch den Tag zu tragen, dieser eine Gedanke, Christopher könnte nicht zurückkehren, reicht aus, sie durch den Tag zu tragen.

Am Abend liegt Schnee bis zu den Fensterbänken. Die Kinder öffnen das Küchenfenster, heben die Katzen hoch, schlagen auf den Schnee, lassen die Katzen darüberlaufen und schreien vor Vergnügen. Carola sitzt vor der Heizung, eine bunte Decke über den Beinen. Draußen bleibt es hell. Der Schnee läßt kein Dunkel zu. Sie hören Christophers Wagen, mit dem er vor Stunden losgefahren ist, ohne daß jemand versucht hätte, ihn davon abzuhalten, dann sein Fluchen, warum Schnee in der Einfahrt, warum Schnee vor den Treppen liegt. Sie hören, wie er gegen den Schnee, in den Schnee tritt, die Tür aufreißt, die Becky und Carola in den letzten Stunden abwechselnd freigeschaufelt haben, wie er durchs Haus geht, mit Mütze, dicker Jacke, nassen Schuhen, ohne etwas zu sagen, hinter der Küche die Garagentür aufreißt, die Schneeschaufel holt und zurückgeht, um sie immer wieder in den Schnee zu stoßen, mit einem lauten Stöhnen, das jedesmal klingt wie ein Vorwurf. Er setzt sich zu ihnen in die Küche, streift vor dem Kühlschrank die nassen Schuhe ab, die bald in einer kleinen Pfütze stehen werden, und schaut zu Becky und Carola, als wollte er sagen, redet ruhig weiter. Becky fragt nicht, wo er war, an einem Tag, an dem er den Lieferwagen nicht über die Straßen gefahren hat. Sie steht auf, Carola folgt ihr, als müßten sie sich einen Platz suchen, in diesem großen Haus voller Zimmer, als gebe es keinen Winkel, in dem sie bleiben könnten, als würde Christopher die anderen verdrängen, als würde er das ganze Haus einnehmen, sobald er es betritt, sobald er die Tür hinter sich schließt.

Nachts sitzt Becky auf dem Sofa, in ihrem karierten Bademantel, barfuß, mit ihrer Brille, hinter der die Augen kleiner werden. Der Fernseher läuft, flackert blau ins Zimmer. Sie hat den Ton abgestellt, die Lichter im Haus gelöscht. Carola, die nicht schlafen kann, tastet sich durch den Flur, läuft zu dem flackernden Blau. Becky schaut nicht hoch. Sie starrt auf den Bildschirm, auf die Schneekarte des Wetterkanals, mit den Zeichen für Eis und Schnee und Hagel, und den Temperaturen, die Carola nicht zu deuten weiß, die sie nicht umrechnen kann, immer noch nicht. Becky trommelt mit zwei Fingern gegen ihre Tasse, in der ein Rest Tee schwimmt, den sie sich schon vor Stunden eingegossen hat. Den Kaffee habe sie ihm morgens ans Bett gebracht, über Jahre, sagt sie, ohne daß Carola gefragt hätte. Irgendwann habe er ihn stehenlassen, nur um ihr zu zeigen, einen Kaffee, den du kochst, trinke ich nicht. Wenn er jetzt das Bad betrete, würden die Kinder es sofort verlas-

43

sen. Früher hätten sie vor der Wanne gestanden, wenn er im Wasser lag, hätten Shampooflaschen in den Schaum geworfen, daß es spritzte. Sie sagt es zum Bildschirm, zum Wettermann, zur Wetterkarte, nicht zu Carola, als hätte sie es auch gesagt, wenn Carola nicht aufgestanden, wenn sie nicht zu ihr gekommen wäre, sich nicht zu ihr gesetzt hätte. Und daß sie keine Frau sei, das habe er zu ihr gesagt, erst jetzt, vor wenigen Wochen, und sie habe nicht verstanden, was das heißen solle, keine Frau zu sein, was sei sie denn sonst, wenn keine Frau.

Am Morgen kratzt Becky die Fenster zwischen den Sprossen frei, die in der Küche und die zum Garten hin, die etwas höher liegen. Sie kratzt mit einem Holzschaber, mit kurzen, schnellen Bewegungen, als müßte sie dem Treiben draußen etwas entgegenhalten, und wenn es nur viele kleine Bewegungen sind. Ihre Haare fallen ins Gesicht. Sie schaut nicht zur Seite, obwohl die Kinder nach ihr rufen, nur auf den Schaber schaut sie, auf die wenigen Zentimeter beschlagenen Glases, die jetzt ohne Eis sind und doch noch keinen Blick nach draußen erlauben. Die Fenster im großen Zimmer und Bad bleiben vereist, bedeckt mit einer dicken Schicht, die das Licht nimmt, das wenige, das es in dieser Jahreszeit, in dieser Gegend überhaupt gibt. Carola und Becky sitzen in einer Festung. Einer stillen Festung, aus blassen Mauern, mit wenigen Ausblicken auf schwarze Vögel, die sich auf den hohen Schnee setzen und kurz darauf weiterfliegen. Das Eis schluckt alle Geräusche, die von außen kommen könnten. Die im Haus dagegen sind lauter geworden, der Wasserkocher, in dem es ununterbrochen brodelt, weil Becky immer wieder heißes, dampfendes Wasser in Eimern an die Fenster stellt, der

Abzug über dem Herd, den Becky beim Kochen einschaltet und der jedes Wort übertönt, und die Mikrowelle, deren helles Bing!, wenn die Zeit abgelaufen ist, jetzt schärfer klingt.

Christopher schimpft auf das Wetter, darauf, daß sie nicht zahlen, wenn er nicht fährt. Etwas an seinem Ton läßt es klingen, als sei Becky schuld daran, daß er nicht weg kann mit seinem Lieferwagen, als trage sie die Schuld daran, daß es schneit, seit Tagen, und dieser Wind weht, der die Haustür zuschlägt, wenn man sich nicht schnell genug dagegenstemmt. Es ist, als könne er mit der Zeit, die er jetzt hat, nichts anfangen, als könne er diese Stunden nicht füllen, als seien sie ihm lästig, als sei ihm jede Minute zuviel, die er hier, hinter blinden Fenstern, verbringen muß, zwischen Becky und Carola, die sich an ihren Tassen Beuteltee festhalten. Es fällt ihm nicht ein, zu den Kindern ins Zimmer zu gehen, sich zu ihnen zu setzen, das zu tun, was er sonst nicht tun kann, nicht an einem gewöhnlichen Tag, unter der Woche. Es fällt ihm auch nicht ein, neues Wasser in den Kocher zu füllen, um es später, vor einem freigekratzten Fenster, in einen Eimer zu gießen. Er fragt, warum die Kinder mittags nicht schlafen. Er fragt, obwohl sie zur Schule gehen und längst nicht mehr schlafen, mittags, und er fragt in diesem Ton, der Becky spüren läßt, sie ist schuld daran, daß die Kinder mittags nicht mehr schlafen.

Carola sagt, sie muß an die Luft, ganz gleich, wie kalt es draußen ist, und Becky bleibt stumm. Sie verbietet es sich, bei Carola so zu tun, als sei sie ein Kind, als sei sie ihr Kind. Sie lehnt sich an die Wand, schaut Carola zu, wie sie Beckys Daunenjacke nimmt, weil ihr eigener

45

Mantel sie nicht wärmt, nicht bei diesen Temperaturen, nicht in diesem Schnee, wie sie Beckys Schnürstiefel anzieht, die ihr viel zu groß sind. Carola läuft über die zugeschneite Einfahrt, an der Garage vorbei, zur Straße, die sie nur noch an den Wagendächern erkennt, die der Schnee noch nicht versteckt hat. Becky ruft ihr zu: Lauf so, daß du immer ein Licht in deiner Nähe hast, wenn du nicht weiterweißt, geh zu diesem Licht zurück!, schickt hinterher ein kaum hörbares, fragendes: Ja?, und Carola nickt, mit einer großen, deutlichen Bewegung, damit Becky es sehen kann, von der Haustür aus, in der sich ihre Umrisse schwarz abheben.

Die Einfahrten, die Gehsteige sind nicht freigeschaufelt. Man hat das Wettrennen gegen den fallenden Schnee aufgegeben, bleibt in den Häusern und wartet, bis die Stunden, die Tage vergehen, bis sich der Sturm legen, bis er alles verschluckt haben wird und weiterzieht. Carola klettert über Schneehaufen, bricht ein, hält sich fest, an einer Laterne, einem Pfosten, einem Pfeiler. Plötzlich hat sie es eilig, wegzukommen, von dieser Straße, diesem Haus, zu dem sie nicht zurückschaut, nicht zu seiner verschneiten Einfahrt, nicht zu seinen Fenstern, seinen wenigen Lichtern, die mattgelb durchs Eis schimmern.

Trotz der Kälte wird ihr schnell warm. Sie knöpft den Mantel auf, kneift die Augen zusammen, hält eine Hand schützend hoch, gegen den Wind, der ihr den Schnee ins Gesicht schlägt. Das Laufen strengt sie an, das Rutschen, das Heben und Senken der Arme, auch ihr schweres Atmen, aber nichts nimmt ihr das Gefühl, in Beckys Haus nicht bleiben zu können, keinen Platz zu haben zwischen dem Schlagen der Türen und dem

Blick der Kinder, wenn sie den Schnee zwischen ihren Fingern zerreiben. Es sind sechs, sieben lange Straßen, eine wie die andere, durch die sie klettert und schlittert. Dann steht sie dort, wo die großen Wiesen beginnen, und weiter dahinter der Wald, den sie jetzt, trotz des fallenden Schnees, gut sehen kann. Wie eine verlassene Stadt liegt er da. Silberweiß, mit Dächern und Türmen.

Der Schnee taut nicht, nicht in den nächsten Tagen. Er bleibt wie ein Schutzwall, eine Mauer, meterhoch vor den Hauswänden, an den Straßenseiten, kalt, teilnahmslos, immer noch dort, wo sie ihn hingeschoben haben, die Nachbarn, Christopher, mit einer Zigarette im Mundwinkel, die Kinder, in ihren bunten Anzügen, mit Handschuhen, die an Bändern aus den Ärmeln baumeln, und Becky, in der Tür, unter Eiszapfen, die von der Lampe hängen, glasklar, ein bißchen wie die Kristalle, die sie abends in eine Schale im Badezimmer legt.

Becky hat es aufgegeben, heißes Wasser vor die Fenster zu stellen und sie freizukratzen, nur um wieder auf Schnee zu schauen. Und Carola hat aufgehört, sich über den fallenden Schnee zu freuen. In einer dieser Nächte, als sie in Beckys Bademantel auf dem Bett saß und nicht aus dem Fenster sehen konnte, weil der Schnee nur zwei Handbreit freiließ, hat sie aufgehört, sich über ihn zu freuen, wie früher, in anderen Wintern, wenn er Berge rund um einen blaßblauen See bedeckte oder auf Regenrinnen fiel, durch die Waschbären liefen, und Becky von Zuckerlandschaften sprach. Jetzt liegt er nur noch da, etwas, das sich langsam grau färbt und das sie nicht mehr loswerden.

Jeden Morgen hat Carola laut gerechnet, wie lange noch. Sie hat die Tage gezählt, heimlich, bis zu ihrer Abreise. Zum ersten Mal hat sie das getan, und es erschien ihr wie ein Betrug an Becky, ihr Ticket aus der Schublade zu nehmen, aufs Datum zu schauen, das dort in kleinen schwarzen Ziffern steht, auf die Uhrzeit daneben, dann auf den Wandkalender, neben der Kommode, um sie zu vergleichen, den Flug ja nicht zu verpassen. Sie hat den Gedanken an einen Leihwagen, mit dem sie zum Flughafen fahren kann, schon am Abend zuvor aufgegeben, obwohl die großen Straßen geräumt sind, die großen Straßen, auf denen Christopher mit seinem Lieferwagen fährt, seit ein paar Tagen wieder, auf denen auch der Schulbus fährt, der die Kinder an der Kreuzung morgens aufsammelt und mittags freigibt, während Becky zu Hause bleibt und wieder angefangen hat, die Fenster von Eis und Schnee zu befreien, mit ihrem Holzschaber.

Christopher hat sich früh am Morgen verabschiedet, als er die Schuhe anzog, die Jacke, die Mütze, mit einem dahingeworfenen take care, von dem Carola nie weiß, klingt es lässig oder nur nachlässig. Sie hat ihm nachgeschaut, von der Haustür aus, die der Wind heute nicht mehr zugeschlagen hat, nachgeschaut, als er die Straße hinablief, nicht auf dem Gehsteig, sondern in der Mitte, genau in der Mitte, zwischen den Autos, die sie in den Tagen zuvor freigefegt haben, mit ihren großen Besen, und sie hat sich bei der Vorstellung erwischt, Christopher das nächste Mal hier nicht mehr zu sehen, im Sommer schon nicht mehr, wenn sie mit Becky auf der Terrasse ohne Treppe sitzen wird und die Kinder in ihren aufblasbaren Pool springen.

Die Kinder sitzen schon im Wagen, auf der Rückbank, haben die Gurte angelegt, schauen aus den Fenstern, klopfen an die Scheiben, schnell, ungeduldig, als wollten sie sagen, macht schon, hört auf zu trödeln. Becky trägt Carolas Koffer. Bevor sie die Treppen zur Einfahrt hinuntergehen, legt sie ihre Hand auf Carolas Arm, fragt leise, kommst du wieder?, als müßte sie das noch klären, als müßte sie das noch wissen, bevor sie in den Wagen steigen, losfahren, die Schneefelder zerschneiden, Richtung Stadt, Richtung Flughafen, und Carola sagt ebenso leise, ja, natürlich.

Als sie neben Becky und den Kindern zum Gate läuft, hört sie nicht mehr, was sie reden, hört auch nicht, wie die Kinder mit den flachen Händen gegen die glänzenden Mülleimer schlagen, um ihre Abdrücke zu hinterlassen, und wie Becky mit lauter Stimme versucht, sie davon abzuhalten. Ihr geht nur ein Gedanke durch den Kopf. Ein kleiner Gedanke, der sie nicht stört, sondern beruhigt, und den sie immer wieder denkt, bei jedem Schritt, als könne er sie tragen, einhüllen in etwas, während sie zum Gate läuft, der Gedanke, daß sie nicht einen Waschbären gesehen, daß sie nicht einmal nach ihnen gesucht, zum ersten Mal nicht nach ihnen gesucht hat.

Becky bestellt Cola in der Cafeteria, etwas Zeit bleibt ihnen noch. Im Radio, das hier über Lautsprecher tönt, sagen sie, der Schnee wird schmelzen, in den nächsten Tagen, bei ungewohnt hohen Temperaturen, und Carola muß daran denken, wie die Eiszapfen an den Lampen, die Eisblumen an den Fenstern verschwinden werden, und wie der Schnee zu Wasser auf den Straßen wird. Sie stellt sich vor, wie laut es sein wird, wenn er sich löst, von den Dächern fällt, von allen Dächern dieser Straße, in großen, harten Stücken, und wie sie ihre Wagen wegstellen und beim Gehen nach oben schauen werden, aus Angst, Eisbrocken könnten auf sie fallen. Und sie denkt daran, daß der schmelzende Schnee drei Kinder und eine Frau, die in Buntstiften an die Hauswand gemalt sind, wegwaschen und mitnehmen wird.

Gebete

Es ist Samstagabend. Ich bin mit dem Zug gekommen, ich habe versucht, T. zu erreichen, von diesem Kartentelefon aus, hinter dem Speisewagen, T. hat nicht abgehoben. Neben mir haben zwei Kinder gesessen, mit einem Recorder, auf dem sie ein Kasperlestück abspielten, dicht an meinem Ohr. Irgendwo hinter Koblenz haben sie auf Start gedrückt, Kasperle hat geschrien, die Kinder haben die Kasperlemelodie mitgesungen, Tri-Tra-Trullala. Die Großmutter hat ihren Zwicker abgezogen!, hat Kasperle gerufen, und die Kinder haben es wiederholt. Jemand dringt in ihre Wohnung ein!, hat Kasperle gewarnt, und die Kinder haben sich mit großen Augen angeschaut.

Ich stehe vor dem Bahnhof, meinen Mantelkragen habe ich hochgeschlagen, ich warte auf die Straßenbahn. Ein Duft von Glühwein weht von der Bahnhofshalle herüber. Unter einem Holzdach, auf der anderen Seite der Straße, hat man einen Spielzeugzug aufgebaut, er dreht seine Kreise, fährt Gläser mit Kirschwasser spazieren. Die wenigen Bänke sind naß vom Regen. Zigarettenreste liegen auf dem Boden, flachgetreten, daneben Ausgespucktes, weggeworfene Kassenzettel, die man im Gehen aus Hosentaschen kramt, ein letzter Blick darauf, und dann fallen sie. Vor mir und neben mir jemand unter einem Schirm, in einem Mantel, auf den Regen tropft.

Eine Straßenbahn hält. Ich sehe ihn und tue so, als sähe ich ihn nicht, obwohl ich ihn nicht übersehen kann, obwohl sich unsere Blicke schon getroffen haben. Aber nur für einen Moment, und der ist so kurz gewesen, daß ich jetzt noch vortäuschen könnte, es habe ihn nicht gegeben. Er steigt aus, ich drehe mich um, nicht zu schnell, es soll nicht so aussehen, als sei es geplant, eher als müßte ich mich nach etwas anderem umdrehen, als hätte ich etwas vergessen, als gäbe es etwas, das mich zurückdrängt. Ich gehe ein paar Schritte, er ruft meinen Namen, einmal, zweimal, ich wende ihm mein Gesicht zu, wie überrascht.

Er schaut mich an und sagt wieder meinen Namen, noch ein paar Mal, und ich fange an, mich an diese Stimme zu erinnern, obwohl ich mich nicht mehr an sie erinnern wollte – auch nicht an dieses Haar, das er jetzt kurz trägt. Wir bleiben stehen, neben der Fußgängerampel, ich schaue an ihm vorbei, ich denke an T. und sehe den Spielzeugzug, darin die Gläser mit Kirschwasser. Er steckt sich eine Zigarette an, hält mir das Päckchen hin, ich schüttle den Kopf. Ich habe das Rauchen aufgegeben. Vor Jahren. Er sagt, jedes Mal, wenn er durch den Bahnhof geht, denkt er an mich. Und ich frage, wie oft nimmst du hier den Zug?

Jetzt kommt es mir komisch vor, daß ich eine Zeitlang darauf geachtet habe, glücklich durch die Straßen zu laufen, wie immer das aussehen soll. Gekämmt, gut angezogen, mit einem Satz auf der Zunge, den ich sofort hätte sagen können. Gefaßt hätte ich sein wollen, wenn ich ihm plötzlich begegnet wäre, irgendwo, an einem Zebrastreifen, an einer roten Ampel oder in einer U-Bahn, aus der man nicht mehr aussteigen kann, weil die Türen sich gerade schließen. Irgendwann habe ich damit aufgehört, erst später ist mir das aufgefallen, und dann sind Jahre vergangen, das sind zwölf mal dreißig Tage mal drei oder vier oder fünf. Und dann stehe ich an einer Haltestelle, und mein Leben hat sich weitergedreht in diesen Jahren, irgendwie, hat sich in T.s Leben hineingedreht, und ich habe nicht mehr darauf geachtet, glücklich auszusehen, gekämmt zu sein und einen Satz auf der Zunge zu haben.

Ob wir einen Kaffee trinken?, fragt er, aber es klingt, als würde er nach viel mehr fragen, nicht bloß nach einem Kaffee, und ich sage sofort: Nein, ich muß nach Hause, und ich sehe ihm an, er weiß, daß ich Zeit habe, er weiß, daß ich lüge. Ich denke an jenen Winter vor Jahren, als wir durch den Wald gelaufen sind, hoch zum Kloster, und ich schon wußte, wir werden nur noch so tun, als würden wir uns wiedersehen. Wir stehen hier, ich rede schnell und viel, er kennt das noch, davonreden hat er das genannt, damals, wenn wir neben einem Zug standen, mit dem einer von uns wegfuhr. Er fragt etwas, aber ich kann es nicht hören, ich denke an T., wie er aussieht, wenn er schläft, daran, wie er aussieht, wenn er aufwacht, ich richte meinen Blick auf die stehenden Autos neben uns, auf die Ampel, die umspringt, von Gelb auf Grün.

Ich sage: Filme drehen, was soll das sein? Weißt du, ich habe das jahrelang gemacht, Filme gedreht, es interessiert mich nicht mehr, überhaupt nicht mehr, diese Bestie, die man zähmen muß, jedes Mal, wenn man Regie führt. Ich sage es, weil ich weiß, er macht genau das, damit verdient er jetzt sein Geld, ein paar Jobs hat er von mir übernommen, damals. Ich will mich nicht

53

mehr um andere kümmern müssen, sage ich, weißt du, und er schaut mich an, als würde ich sagen: Warst du ein Idiot, mich wegzuwerfen.

Während ich rede und er raucht und eine Bahn nach der anderen an uns vorbeifährt, fällt mir wieder ein, wie ich in jenem Winter durch die Kulissen auf dem Filmgelände lief, vorbei an Häuserwänden, hinter denen nichts war, nur Blumen im Fenster, für die Straßenszenen, und daß mir der Gedanke gekommen war, die Kulissen anzuzünden, sie abreißen zu lassen, und daß es auch später nichts gab, das mich hätte beruhigen oder dazu bringen können, das Bett zu verlassen, in dem ich wochenlang lag, während der Schnee die Stadt zudeckte.

Damals habe ich gebetet, er möge verunglücken, irgendwo auf einer Straße zwischen Hamburg und München. Ich habe mir gewünscht, er würde gerammt und weggefegt, auf einer regennassen Fahrbahn, die Kameras in seinem Wagen würden an seinem Kopf vorbei durch die Scheibe fliegen, und auch er, auch er würde durch die Scheibe fliegen. Ich habe mir vorgestellt, er würde ins Krankenhaus eingeliefert, kaum die Worte vernehmen, die man sich zurufen würde, ein winziger Fehler der Ärzte würde ausreichen, und er würde seinen Fuß verlieren, sein Bein. Ich habe sogar vor der Jungfrau Maria mit ihrem Kleid aus Blau und Rot gebetet und für fünfzig Pfennig das Stück Kerzen angezündet, in einer kleinen Kirche, mitten in der Stadt, und darauf geachtet, daß sie nicht ausgehen. Damals war das, als man aus den Bürofenstern auf mich hinuntergeschaut und gedacht hat, da ist sie wieder, die jeden Mittag Gespräche mit sich selbst führt, die einzige, die bei diesem Wetter übers Filmgelände läuft.

Ob ich friere? Ob mir kalt sei?, fragt er, und ich denke: Was soll das? Glaubt er, er könnte mir seinen Mantel um die Schultern legen? Er sagt, er fahre mit der 19 nach Hause, und ich weiß, die 19 fährt nicht dorthin, wo er früher gewohnt hat. Ich frage nicht: Wo fährst du hin? Wo wohnst du jetzt? Ich sage nichts. Als die nächste Bahn hält, die in meine Richtung fährt, verabschiede ich mich. Schnell, im letzten Moment, bevor die Türen zugehen. Er nickt, bleibt stumm, kein Abschiedsgruß, nichts, er sieht aus, als wolle er sagen: Bleib.

Ich weiß, daß er mich sehen kann, während ich hier sitze, auf blauem Stoff, unter Neonlicht. Die Bahn steht. Der Fahrer spricht mit jemandem an der vorderen Tür. Es dauert. Ich schaue nicht auf, ich wende mich ab, ich nehme einen Block aus meiner Tasche, ich fange an zu schreiben. Ich weiß, daß er denkt: Jetzt tut sie so, als müsse sie etwas aufschreiben. Ich fange an, T.s Namen auf das Papier zu setzen, immer wieder. Ich schreibe ein großes T und dann die anderen Buchstaben dahinter. Die Bahn fährt nicht. Ich denke: Weiterschreiben, den Stift aufs Blatt drücken und schreiben.

Warum bin ich nicht zu Fuß gegangen? Ich hätte weggehen können, ich hätte gewußt, er schaut mir nach, ich wäre hinter der nächsten Häuserecke verschwunden und dann schneller gegangen. Ich hätte T.s Namen gerufen, immer wieder, bis zu unserer Haustür, und es wäre mir gleich gewesen, was andere von mir gedacht hätten. Vielleicht wäre ich auch schon zwei Straßen weiter stehengeblieben, hätte mich umgedreht, zurückgeblickt und dann irgendwo einen Spiegel gesucht, in einer Auslage, nur um sicher zu sein, daß ich noch da bin. Ich weiß, er steht immer noch vor der Tram, nur zwei, drei Meter von mir entfernt, und ich schaue auf, aber da bin nur ich, im Fensterglas.

Achtzehnter, vielleicht neunzehnter Dezember

An diesem Tag regnet es. Wir verlassen die Stadt, hinter ihren letzten Straßenschildern und Häusern, fahren über die Autobahn, in Richtung Westen. Es ist keine lange Strecke, eine Stunde dauert die Fahrt, manchmal länger, je nach Tageszeit, je nach Verkehr. Rechts und links von uns Felder in Braun, darüber Himmel in Grau, dazwischen Strommasten, Kirchtürme, erst zwei, drei, dann mehr, je weiter wir uns von der Stadt entfernen. In der Kurve hinter dem Vorsicht-Schild eine Tankstelle unter blauem Licht, früher war es gelbes Licht. Jemand steht neben einer Zapfsäule, reibt sich die Hände, stößt seinen Atem in die Luft. Seit Jahren fahren wir an diesem Tag diese Strecke, ich habe vergessen seit wie vielen Jahren, vielleicht sind es sechs, vielleicht auch sieben. Alex lenkt den Wagen, dreht am Radio von Sender zu Sender. Ich frage nicht, wie oft wir diese Strecke schon gefahren sind, weil ich mir sicher bin, auch sie weiß es nicht.

Es ist kurz vor Weihnachten, der achtzehnte, vielleicht neunzehnte Dezember, wenn sie in der Stadt anfangen, Glühwein- und Spielzeugstände abzubauen und wir sagen, es sind die kürzesten Tage des Jahres, wenn wir uns trösten damit, daß es bald heller wird, an jedem Tag ein bißchen heller. Autobahnhotels und Teppichmärkte in Adventschmuck ziehen an uns vorbei, ein Möbelcenter, über dem Eingang Rentiere aus Glühbirnen, mit einem Schlitten voller Pakete. Vor einem Jahr waren es Christbäume, an denen wir vorbeifuhren, Christbäume mit ro-

57

ten Bändern, und im Jahr davor Engel mit Flügeln, mit hellblauen Flügeln. Habe ich gesagt, es regne an diesem Tag? Jetzt liegt zum ersten Mal Schnee. Sonst regnet es, bei zwölf, dreizehn Grad, und ein Wind weht. Das Wetter ist anders in diesem Jahr. Immerhin das Wetter.

Wir nehmen die dritte Ausfahrt nach dem Autobahnkreuz neben Zementwerken, Transportbändern und Schloten. Schnee fällt, und mit Blick auf die Schlote, die kleiner werden, sagt Alex, schön ist es auf dem Land, oder? Wir biegen ab, halten an einem Kiosk hinter dem nächsten Ortsschild, wo seit Jahren derselbe Mann im Fenster steht, zwischen Fruchtgummis und Fernsehzeitschriften. Wir kaufen Zigaretten, sechs Päckchen normal, sechs Päckchen Menthol. Christiane hätte gar nichts sagen müssen am Telefon, sie hätte nicht sagen müssen: Bringt Zigaretten mit, bitte, sechs normale und sechs grüne. Alex und ich hören auf zu reden, sobald wir die Tore sehen, die Schilder, sobald der Wagen über Kies fährt, wir aussteigen und die Türen zuschlagen, die hier anders klingen.

Man läßt den Eingang für uns aufspringen, wir steigen über zwei breite Treppen nach oben, halten uns am Geländer fest, bleiben stehen vor dickem Glas, durch das wir in einen Gang schauen, unter Streifen aus Neon, mit Bildern an den Seiten, die aus einem Kalender geschnitten wurden, Bilder in Pastell, Flußlandschaften. Jemand öffnet uns, wir sagen: Guten Tag, wie man nur an solchen Orten Guten Tag sagt, sehen Christiane am Ende des Ganges, Christiane, die eine Hand hebt, wie zum Winken, sie fallenläßt und dann langsam, ganz langsam, mit kleinen, schweren Schritten, bei denen sie die Füße kaum hebt, auf uns zugeht. Christiane trägt ihre weiße Jogging-Hose, weiße Strümpfe, Hausschuhe mit Reißverschlüssen und ein blaues Hemd, von dem sie später sagen wird, darin schläft sie auch.

Sie sieht nicht schlimm aus. Nicht so schlimm, wie ich geglaubt habe, wie ich es jedes Mal glaube, wie ich es mir vorstelle, spätestens wenn wir am Möbelcenter vorbeifahren, spätestens dann, ein gutes Stück vor den Zementwerken, fange ich an, sie mir vorzustellen – vielleicht, weil Christiane beim ersten Mal, vor sechs, vielleicht sieben Jahren so schlimm aussah, mit verbundenen Händen und Pflastern im Gesicht. Aber jetzt sieht sie besser aus, sieht sie gut aus, jedes Jahr sieht sie besser aus, denke ich, oder bin nur ich es, die sich an diesen Anblick gewöhnt hat: Christiane in Jogging-Hosen, blasser noch als sonst, mit diesem Kinderlächeln und ungewaschenem Haar, das sie nicht mehr gefärbt hat in den vergangenen Wochen. Ihr braunes Haar fängt an, das rote zu verdrängen.

Christiane führt uns in ein Zimmer am Ende des Gangs, nebenan läuft der Fernseher. Im Vorbeigehen habe ich auf dem Bildschirm vier, fünf Leute gesehen, die im Halbkreis sitzen und reden. Vor den Bildschirm hat man Stühle gestellt, auf denen vier, fünf Leute sitzen, auch im Halbkreis. Christiane schließt die Tür hinter uns und sagt: damit wir allein sind. Sie reißt die Folie von einem Päckchen Zigaretten, klopft mit den Fingern auf die Packung, bis die Zigaretten nach vorne rutschen und fängt an zu rauchen. Sie halten mich fest, sagt sie, es ist ein Irrtum. Jedes Jahr erzählt sie uns das, zeigt uns die Unterlagen, die sie aus ihrem Zimmer geholt hat, die sie schon in den Händen hielt, als Alex und ich an der Tür standen und durchs Glas schauten. Immer ist es

59

der gleiche Briefkopf auf den Blättern, immer dieselbe Notaufnahme derselben Klinik. Nur die Umstände ändern sich. Im ersten Jahr stand Christiane in ihrem Küchenfenster, um auf ein Dach zu klettern und fünf Stockwerke hinabzuspringen. Im zweiten Jahr waren es Stecknadeln, eine Handvoll Stecknadeln, die sie schlukken wollte, im dritten Jahr war es – ich weiß nicht mehr, was es war. Christiane schaut an uns vorbei, schüttelt den Kopf, sagt: Irrtum, steht auf, öffnet die Tür, um nachzusehen, ob jemand zuhört, schließt sie wieder und fragt: Ihr kümmert euch doch darum, ja?, und wir antworten, ja, klar, wir erledigen das, gib uns die Unterlagen. Schäbig fühle ich mich dabei, jedes Mal fühle ich mich dabei schäbig und denke, Christiane sieht es mir an, daß ich mich nicht darum kümmern werde, jetzt schon sieht sie es mir an, jetzt, da ich es ausspreche, sieht sie mir an, daß ich es nur so dahersage. Alex wird mir auf der Fahrt zurück eröffnen, wie schäbig auch sie sich gefühlt hat. Jedes Mal sagt sie das, und ich denke dann, wir haben doch noch etwas, das uns verbindet, Alex und ich. Vielleicht ist es ein neuer Anfang, es könnte einer sein, jedes Mal glaube ich das, aber dann ist es doch nie ein Anfang – nie.

Ich hole das Geschenk aus meiner Tasche, hier, sage ich, wir haben dir etwas mitgebracht, und Christiane packt es aus, langsam, sorgfältig, als dürfe das Papier nicht zerreißen, dann lacht sie, sagt: süß, und: danke, und umarmt uns, erst mich, dann Alex. Sie legt das Buch beiseite, steckt sich die zehnte Zigarette an, Alex stöhnt, was für eine Luft, steht auf, geht zum Fenster, das sie öffnen will. Sie hat das kleine Schloß in dem Griff vergessen, sie kann sich nicht merken, daß die Fenster hier verschlossen sind, vielleicht will sie es sich nicht mer-

ken. Sie schaut hinaus in den Schnee, der immer noch
fällt, langsam durch dieses halbe Blau, und weil ich
nicht weiß, über was ich sonst reden könnte, sage ich,
stell dir vor, Christiane, bei uns hat es geschneit, über
Nacht, und der Schnee ist liegengeblieben, selbst in der
Stadt ist er liegengeblieben, und Christiane lacht plötzlich laut, unverschämt laut, verstummt gleich wieder
und schaut erschrocken um sich, als hätte ein anderer so
unsinnig laut gelacht, nicht sie.

Alex fragt, ob Christiane uns ihr Zimmer zeigt. Wir gehen über den Flur, vorbei an den Kalenderblättern in
Pastell, langsam, weil Alex und ich nicht schneller gehen wollen als Christiane. Christiane öffnet eine dunkel-
grüne Tür mit weißem Griff, geht durch die Dunkelheit
zum Fenster, an dem die Rolläden herabgelassen sind,
da ist nichts auf dem Boden, über das sie stolpern könnte, sie bleibt stehen, sagt, das ist mein Zimmer, und
schaut dabei zu Boden. Ich frage, knipsen wir nicht das
Licht an, wir sehen ja gar nichts?, und Christiane erwidert, ja, klar, wenn ihr wollt, knipst ruhig das Licht an,
da ist der Schalter. Alex und ich bleiben im Türrahmen,
schauen auf zwei Liegen, die auf Rollen stehen, auf dik-
ke Vorhänge, auf ein Fenster, drei Meter hoch, dahinter
Bäume, zwanzig Meter hoch, mindestens, auf weiße
Wände und auf Christiane, die immer noch dort steht
und das Buch festhält, das Buch mit der Katze und dem
verschnürten Paket auf dem Einband.

Als wir aufbrechen, gibt es von Christiane keine Ein-
wände, kein: Bleib doch. Sie begleitet uns zur Glastür,
sie fragt: Wasser auf Blech, wißt ihr noch, wie das
klingt? Sie sagt es so beiläufig, wie man etwas nur beiläufig sagen kann, als sei es bedeutungslos, als fehle ihr

61

bloß noch ein Wort für ein Kreuzworträtsel in einer dieser Zeitungen, die hier auf den Tischen liegen. Damit schickt sie uns weg, mit diesem: Wasser auf Blech, das sie nicht zu wiederholen braucht, das sie nur einmal sagen muß, weil es auch so schon nachklingt, wie etwas nur nachklingen kann. Jedes Mal gibt sie uns das mit auf den Weg, dieses Wasser auf Blech, wenn wir aufbrechen, kurz bevor sich die Glastür öffnet und wir vom Treppenhaus noch einmal zurückschauen zu Christiane, die sich bereits umgedreht hat und jetzt den Gang hinabläuft, mit ihren kleinen, schweren Schritten, ohne uns noch einmal anzusehen, ohne uns zu winken, kurz bevor wir die Treppen hinuntersteigen, zurück zum Parkplatz gehen, über den Kies, zum Wagen.

Jetzt fahren wir nicht über die Autobahn. Nicht ein einziges Mal sind wir in diesen Jahren über die Autobahn zurückgefahren. Wir nehmen die Landstraße, vielleicht wegen der vielen Ampeln und der Langsamkeit, die sie vorgeben. Wir fahren durch Weinberge, mit Blick auf den Rhein, der über die Ufer tritt zu dieser Jahreszeit, um die Bäume zu verschlucken, bis zu den Hüften, wie Alex sagt. Sie schaltet das Radio ein, die Verkehrsnachrichten melden Staus, der Rhein trägt dicke Stücke Eis, dort, wo er die Bäume umschließt. Wir wissen beide: Daß Christiane hier ist, hat auch etwas mit Wasser auf Blech zu tun, mit Regen auf einem Dach, auf das Christiane vor Jahren klettern wollte, um zu springen. Ich weiß, daß auch Alex daran denkt – soviel kann ich noch erraten, wenn ich sie anschaue, von der Seite.

Immer kündigt es sich vorher an. Nie kommt es über Nacht, unerwartet, überraschend. Es zeigt sich zwischen Anfang und Mitte November, manchmal erst Anfang Dezember. Christiane ruft mich alle zwei Tage an, immer betrunken, weil sie mit ihren Medikamenten kaum ein viertel Glas Wein braucht, um betrunken zu werden. Sie stellt Fragen, jedes Mal die gleichen Fragen, die sie nicht variiert, deren Reihenfolge sie nicht ändert, für die sie keine anderen Worte findet, wie geht es dir, wie geht es ihm, wie geht es ihr, und dann ein zaghaftes: Wann kommst du? Zwei Wochen lang ist ihre Stimme müde. Sie merkt sich nie, was ich antworte. Es ist gleichgültig, was ich erzähle. Ich könnte Dinge erfinden, ich könnte ein Band laufen lassen, ich könnte zehn Mal hintereinander denselben Satz sagen – ich könnte. Wenn ich erkläre, Christiane, das habe ich dir vorgestern schon erzählt, erwidert sie, ach so, ach so, ja, gut, dann erzähl es nicht noch mal.

Dann fängt sie an, ihre Tabletten abzusetzen, obwohl ich einwende, du darfst nicht, du darfst sie nicht einfach absetzen, und dann, bei den nächsten Anrufen, wird ihre Stimme lauter, jedesmal ein bißchen lauter. Über alles lacht sie jetzt, als sei alles zum Lachen, alles plötzlich lachhaft, und dann ruft sie an und ruft an und ruft noch einmal an, bald in Abständen von Stunden, manchmal nur, um eine Frage zu wiederholen, weil sie glaubt, ich habe sie nicht richtig verstanden. Sie ruft mich an, Samstagabend, wenn alle ausgehen, und Sonntagmorgen, wenn alle schlafen. Dieses Jahr hat sie eine Platte aufgelegt für mich, Sonntagmorgens um zehn. Sie sagte, gerade habe sie an mich denken müssen, wegen dieser Musik, ob ich es noch kenne, dieses Stück?, und ich antwortete, ja, klar kenne ich es, und dann haben wir ein bißchen gesungen. Christiane sagte, du kennst den Text ja noch, und ich erwiderte, ja, ich kenne den Text noch, so was vergesse ich doch nicht, du vielleicht?, und Christiane antwortete, nein, ich auch nicht, wenn es jemand auflegt, kann ich es mitsingen, immer noch.

Das geschieht, wenn der Herbst in den Winter übergeht, also nicht nach Kalender, sondern nach Empfindung. Ich rufe Alex an und sage, ich glaube, es ist soweit, und kurz darauf fängt Christiane an, mir Dinge zu schicken. Jetzt war es ein Päckchen mit Zeitungsausschnitten und einem Kärtchen, auf dem stand, ich denke an dich, du fällst mir ein, wenn ich das sehe. Ich habe die Blätter auseinandergefaltet, Seiten aus einer Fernsehzeitschrift, das Programm vom dreizehnten bis neunzehnten Oktober, und mich gefragt, warum falle ich ihr ein, wenn sie das sieht?

Noch Wochen vorher hatten Alex und Christiane am Flughafen von Bombay gesessen. Alex hatte diese Idee von Indien, daß es gut sei für Christiane, kurz bevor der Winter kommt, bevor er endgültig da ist, das Meer zu sehen, die Sonne, den Sand. Alex erzählt mir das beim Kaffee, auf den wir uns treffen, am Tag davor, immer am Tag davor, vierundzwanzig Stunden, bevor wir in Richtung Westen über die Autobahn fahren. Warum wir uns treffen, wissen wir selbst nicht, wo wir uns seit Jahren, seit bestimmt sechs, sieben Jahren nicht mehr viel, ich könnte ebensogut sagen: nichts mehr zu sagen haben. Wegen dieser Sache, die nichts mit Christiane zu tun hat – nur ein bißchen vielleicht. Irgendwie hat alles mit allem zu tun, würde Christiane sagen, in den wenigen Monaten, in denen sie klar im Kopf, bei Verstand, eingestellt ist. Also wird auch unser Schweigen, unser jahrelanges Schweigen etwas mit Christiane und diesen Wintern zu tun haben.

Am Flughafen von Bombay hatten sie gesessen, Christiane und Alex, weil ihr Rückflug gestrichen worden war. Sie hatten ihn umbuchen und dann warten und warten und wieder warten müssen. Alex ließ Christiane in der Cafeteria sitzen, an einer Bar, mit ihren zwei Koffern und drei Taschen, während sie selbst über den Flughafen eilte, weil sich jede halbe Stunde etwas änderte mit ihrem Flug. Als sie zurückkam, war Christiane betrunken. Alex fing an, mit ihr zu schimpfen, und Christiane schloß die Augen und ließ ihren Kopf nach vorne fallen, auf den Tresen. Alex mußte noch einmal los, sie packte Christiane an den Schultern und schrie, du bleibst hier sitzen, hörst du mich?, und Christiane nickte und ließ ihren Kopf wieder fallen, nach vorne, auf den Tresen, und Alex schrie, lass deinen Kopf nicht so nach vorne fallen, und dann lief sie noch einmal von Schalter zu Schalter, über die Gänge des Flughafens von Bombay, immer in der Angst, Christiane könne aufstehen und gehen, hinaus und in ein Taxi oder aufs Rollfeld und in ein falsches Flugzeug steigen. Hin- und hergerannt war sie auf diesem Flughafen, habe sich ständig nach Christiane umgedreht und geschaut, ob sie noch da sitze, neben den zwei Koffern und drei Taschen. Und jetzt, da sie es mir erzählt, beim Kaffee, auf den wir uns treffen, am Tag davor, müssen wir plötzlich lachen, Alex und ich, laut loslachen, wir müssen schrecklich lachen, wir können nicht aufhören damit, bis Alex den Kopf schüttelt und sagt: nie wieder.

Alex und ich, wir brauchen feste Zeiten, in denen die Anlaufphasen schon eingerechnet sind, bloß, um uns vorzubereiten darauf, daß wir uns sehen, wenn wir am Tag darauf zu Christiane fahren. Ich denke mir Fragen aus, die ich Alex stellen könnte, sie stellt mir keine, und

65

auch meine Fragen gehen kaum weiter als: Was macht deine Arbeit?, und: Wie geht es deiner Mutter? Vielleicht hat es zu viele Fragen gegeben, die wir einander gestellt haben, zu viele Dinge, von denen wir früher glaubten, wir müßten sie einander erzählen, früher, als wir täglich dreimal, viermal telefonierten und alles, einfach alles taugte, um erzählt zu werden. Ansonsten sehen wir uns nur zufällig, in der Stadt, auf der Straße, wenn ich ihren Weg kreuze, vor einem Café oder Geschäft. Immer sagen wir, ich ruf dich an, aber es kommt nie dazu. Es bleibt bei den wenigen Besuchen bei Christiane und den zwei Anrufen im Jahr, an unseren Geburtstagen, wenn wir erleichtert sind, weil bloß das Band anspringt und keine von uns vorgeben muß, wir könnten einander einfach anrufen, wir hätten uns noch etwas zu erzählen.

Alex hat mich heute mit dem Wagen abgeholt, gegen Mittag. Sie hat gehupt, ist im Auto sitzen geblieben, kam nicht hoch zu mir, vielleicht, weil ich seit Jahren nicht mehr zu ihr gesagt habe, komm doch hoch, setz dich, nimm von dem Tee, ich bin gleich fertig. Nie habe ich das gesagt, nur vorgenommen habe ich es mir immer, in diesem Jahr besonders. Ich dachte, heute werde ich Alex fragen, ob sie aus dem Auto steigen will, ich werde das Fenster öffnen und rufen, komm doch hoch, ich brauche noch einen Augenblick, aber als ich sie unten auf der Straße gesehen habe, heute mittag, in ihrem Wagen, ist es mir nicht mehr eingefallen. Ich habe vergessen, daß ich sie in meine Wohnung bitten wollte, in meine Küche, als könne ich sie an meinem Tisch, vor meiner Tapete nicht mehr sehen, wie sie aus meiner Tasse meinen Tee trinkt, obwohl sie doch früher ständig hier gesessen hat, um aus meinen Tassen meinen Tee zu trinken. Als ich das Hupen hörte, bin ich nur zum Fenster gegangen, habe die Hand gehoben, zum Zeichen, daß ich sie in ihrem Wagen sehe, daß ich meinen Mantel nehme, den Schal, die Mütze, die Handschuhe und das Geschenk, das ich für Christiane besorgt habe, so, wie Alex und ich es besprochen hatten, am Tag zuvor. Etwas Unverfängliches, hatte Alex gesagt, etwas ganz und gar Unverfängliches, und später, als ich durch die Kaufhäuser zog, habe ich mich gefragt, was das überhaupt sein soll, etwas Unverfängliches. Das Kinderbuch habe ich ausgesucht, mit der Katze und dem zugeschnürten Paket auf dem Einband. Christiane mag Kinderbücher.

Tage nach unserem Besuch ruft Christiane an. Sie sagt, vergiß, um was ich euch gebeten habe, vergiß es, ich bleibe hier, es ist in Ordnung, und ich sage, gut, wie du willst. Jedes Jahr sage ich, gut, wie du willst, als hätten Alex und ich etwas unternommen, um Christiane aus dieser Klinik zu holen. Dann meldet sich Christiane erst im neuen Jahr wieder, diesmal von zu Hause. Ich weiß, sie sitzt vor ihrem schwarzen Tastentelefon, hinter ihr die Einbauküche, die gerahmten Fotos an den Wänden. Ich weiß, wie es dort aussieht, jetzt, zwei Monate später. Kein Staubkörnchen liegt dort, etwas Sonnenlicht fällt am Nachmittag durch die Lamellen. Christiane erzählt mir von einem, mit dem sie die Abende verbrachte, weil sie nicht vor dem Fernseher sitzen wollte und er auch nicht. Erst habe er nicht mit ihr geredet, weil er es aufgegeben habe, überhaupt mit jemandem zu reden. Das habe er ihr später erklärt, auch daß er nur mit seinem Hasen spreche, der jetzt von irgendwem versorgt würde. Christiane lacht ein bißchen, leise, zaghaft, als wolle sie nicht, daß es jemand hört. Den Hasen, den kenne er schon seit Jahren, fährt sie fort. Ihm vertraue er,

67

der möge ihn, und er möge den Hasen, sonst niemanden. Ich frage, wirst du ihn wiedersehen, diesen Hasenmann?, und Christiane antwortet, ich bin doch nicht verrückt?

Ich rufe Alex an, ihr Band springt an, ich sage: Hallo Alex, Christiane ist wieder zu Hause, ich glaube, sie freut sich, wenn du sie anrufst. Ich zögere einen Augenblick und sage, ja, und ich, ich freue mich auch, wenn du anrufst. Ich lege auf. Ich weiß, Alex wird sich nicht melden. Erst im Dezember wieder, kurz vor dem achtzehnten, neunzehnten vielleicht.

Glück

Die kleine Traumsequenz wird sie es später nennen. Diese dunkle, fast schwarze Nacht, mit ihrem einzigen Stern, der jeden Abend um die gleiche Zeit aufgeht. Seit Stunden scheint er da oben zu kleben, von hier aus zwei Handbreit über den höchsten Bäumen. Den Mond haben wir schon am Nachmittag gesehen, als er sich blaß hinter den Bergen gezeigt hat. Wie ein Stück Melone sieht er aus, hat sie gesagt, und ich habe hinaus aufs Meer geschaut und mich gefragt, wie es eine Zeit hat geben können, in der ich nichts von ihr wußte.

Die Hitze wird nicht weniger. Das bißchen Wind, das sich zu uns ins Tal verirrt, fährt durch die Palmen. Die Frösche springen immer noch. Wir können sie kaum noch erkennen, aber wir hören sie, wenn sie nach dem Sprung landen, auf ihren winzigen Füßen, die aussehen, als hätte jemand versucht, sie auseinanderzuziehen. Wenn wir das Licht einschalten, huschen Kakerlaken über den Terrassenboden. Wir liegen auf dem Teppich, einem Stück Orient. Draußen plätschert Wasser in einem Teich. Daneben stehen Geranien, auf die den ganzen Tag die Sonne fällt, und Korbstühle mit hohen Lehnen. Sobald die Sonne untergeht, nehmen wir darin Platz, um unsere nackten Füße zu betrachten, die hier langsam ein bißchen Farbe kriegen. Es riecht nach Kakteen, sage ich, und sie sagt, Kakteen riechen nach nichts.

Die anderen hatten gefragt, warum wir nicht noch jemanden mitnehmen in dieses Haus, schließlich sei noch Platz, und ich habe geantwortet, warum nicht, von mir aus. Im Flugzeug hat sie drei Sitze weiter gesessen, und ich habe mich dabei erwischt, wie ich auf das gehorcht habe, was sie sagt, wie sie redet, von wem und über was. Ich habe zu ihr hinübergeschaut, um zu sehen, wie sie ißt, was sie trinkt, ob sie das Licht beim Lesen einschaltet, ob sie die Kopfhörer aufzieht, welchen Kanal sie wählt, ob sie schläft, wenn die anderen schlafen. Als unsere Koffer auch nach Stunden nicht auf dem Band lagen und das bestellte Taxi ohne uns gefahren war, sind wir durch die Halle gelaufen und haben nach dem Gepäck suchen lassen. Zwischen den Schaltern und Anzeigetafeln hat sie mich gefragt, warum ausgerechnet unsere beiden Koffer?, und mir ist nichts eingefallen.

Wir haben in der Küche gegessen, heute abend, ohne die anderen. Ein Gekko ist ans Fenster gekommen, hat sich ans Glas geklebt und uns zugeschaut, wie wir da saßen, mit zwei Gläsern Wein. Er ist fast regungslos geblieben, hin und wieder hat er nach einer Mücke geschnappt. Sie hat für uns gekocht, den Fisch, den wir im Hafen besorgt haben. Unten am Wasser habe ich sie gefragt, ob es sie auch beunruhige, wenn sie ein Schiff auf offenem Meer sehe und dabei nicht erkennen könne, ob es fahre oder nur auf den Wellen schaukele. Wenn sie also nicht wisse, ob es sich vorwärts bewege oder auf der Stelle bleibe. Mich beunruhigt schon allein ein Schiff auf offenem Meer, hat sie geantwortet, und dann haben wir so laut gelacht, daß man vom Strandcafé aus zu uns herübergeschaut hat.

Gedampft und gezischt hat es, als sie den Fisch ins Öl gelegt hat, dazu die Krabben, die Seeschnecke. Als wir die Garnelen ins heiße Wasser geworfen haben, haben sich die Augen schwarz gefärbt. Kerzen haben wir ins Fenster gestellt, dem Gekko dabei zugesehen, wie er seine Zunge hat vorschnellen lassen, und ich habe an die Alte gedacht, die uns den Fisch verkauft hat. Im Meer fischen ihre Brüder, von morgens an, wenn sich der erste Sonnenstrahl auf den Wellen zeigt, in einem weißen Boot, das gerade für zwei reicht, und von dem aus sie ihre Netze ins Wasser werfen. Zahnlos ist die Alte, das schmutzige Haar fällt auf ihre Schultern. Den ganzen Tag lang hat sie geschrien, ohne daß jemand da gewesen wäre, den sie hätte anschreien können. Vor ihrem Haus, das unten am Wasser steht, ist sie auf und ab gelaufen, und wir haben sie von der Straße aus beobachtet. Wenn sie nicht geschrien hat, hat sie geredet, mit sich selbst, ohne Pause. Auf ihrer Dachterrasse stehen Blumentöpfe, immer im gleichen Abstand. Blaue Gummibälle, die hier wie kleine Bojen auf dem Wasser schwimmen, hat sie anstatt Blumen in die Töpfe gesetzt, ihren Mann wird sie ans Meer verloren haben.

Als die Frau ihre Brüder gesehen hat, die am Nachmittag mit dem Boot zurückkamen, hat sie erst recht gebrüllt, selbst als die Männer noch so weit weg waren, daß sie das Geschrei gar nicht haben hören können. Aber wir haben es gehört. Die frischen Fische hat sie später laut schimpfend zur Bar getragen, wo wir sie dann gegessen haben. Als die Sonne unterging, haben ihre Brüder vor dem Haus gesessen, mit einem Messer die Schuppen von den Fischen geschabt, und die Alte hat schreiend vor ihnen gestanden und auf den Boden gedeutet.

So ähnlich werde auch ich enden, sage ich jetzt, beim Wein, auch ich werde den ganzen Tag brüllen, ohne daß mich jemand hört, ohne daß mir jemand zuhört, in einem Zimmer am Stadtrand, mit zehn Quadratmetern Wachsboden, einem Blick auf Mülltonnen und einer Ölheizung, auf der meine zwei einzigen Stücke Wäsche trocknen, und sie sagt, davor mußt du dich jetzt nicht mehr ängstigen.

✳

Alles, was wir brauchen, ist ein Päckchen Zigaretten. Das reicht aus zum Glück, sagt sie, fast, als wolle sie ein Gebot aussprechen, und dreht mit zwei Fingern einen Knoten in ihr blondes Haar, der sich gleich wieder löst. Wir kichern die Nächte durch. Wir lachen über alles. Darüber, daß es dunkel wird, darüber, daß es in ein paar Stunden wieder hell werden soll, darüber, daß es uns überhaupt gibt. So. Hier. Zu zweit. Nebeneinander. Wir lachen über unsere Namen, wir lachen über Namen, die wir unseren Kindern geben würden. Wir halten uns die Bäuche vor Lachen.

Wir liegen in einem Bett, das kaum einen Meter breit ist. Es stört uns nicht. Weil wir nicht schlafen können, rauchen wir noch eine und noch eine, so lange, bis die Sonne den Schmutz auf den Fensterscheiben zeigt. Sie schaut auf meine Füße und bemerkt, an den Füßen kann man alles erkennen. Meine seien wie die einer Athletin, nur daß der rote Lack darauf schon anfange zu blättern. Ich sage zu ihr, vielleicht wirst du eines Morgens aufwachen, erst zur Decke, dann aus dem Fenster schauen, die Straße hinunter, hinab auf Menschen, die sich in ihre Wagen setzen und wegfahren, und vielleicht wirst du mich dann verlassen wollen, aber sie sagt: Niemals.

Sie arbeitet in der Bibliothek. Ich tue alles, um dort jeden Mittag zur gleichen Zeit vorbeizuschauen, damit wir ein paar Schritte um den Block gehen können, wenigstens drei Worte wechseln, den Alltag begießen, mit Pausenkaffee. Ich lege meine Arbeit so, daß ich um zwölf gehen kann. Ich vereinbare keine Drehtermine, die vor zwei liegen. Ab elf laufe ich auf und ab. Spätestens um halb zwölf fahre ich los, nachdem ich schon zehn Minuten auf den Verkehr gestarrt habe und man mir gesagt hat, fahr endlich, du gehst uns auf die Nerven. Vor der Bibliothek spuckt die Straßenbahn einen Pulk Menschen aus, der ins Foyer gleitet, durch die Drehtür, zu den Schließfächern.

An der Eingangstür zum Lesesaal sitzt ihr Kollege, blättert in einer Zeitschrift. Wenn sich die Tür öffnet, schaut er auf. Jeden Tag sagt er zu mir, sie sind neu hier, und will meinen Ausweis sehen. An der Bücherausgabe stehen die Kubistinnen, wie wir sie nennen, ihre Augen kleben an den Nasenflügeln, die Lippen liegen auf dem Kinn. Und dann sie. Mit dem Telefonhörer am Ohr, mit den Fingern auf der Tastatur. Ich achte nicht auf die Wartenden. Ich stelle mich direkt vor sie. Sie schaut mich an, gibt mir ein Zeichen, legt auf. Sie winkt ihrer Kollegin zu und sagt: Wir gehen.

Wenn die Sonne scheint, stellen wir die Stühle raus, auf den kleinen Vorsprung vor meinem Fenster, den man nicht Balkon nennen kann. Und weil die Sonne nur selten scheint und dann auch nur etwas wärmt, gerade so, daß man ahnen kann, wie es ist, wenn es warm wird, fragt sie, ob wir den Winter nicht dort verbringen wollen, wo wir gerade waren, und ich antworte: ja.

Sie läßt den Luxus bei uns einziehen, etwas, das ich nicht kenne. Es ist egal, wie lange ich telefoniere. Die Rechnung können wir bezahlen. Sie bringt Kuchen mit, vom besten Delikatessenladen der Stadt. Sie sagt, kümmere dich nicht darum. Wir decken uns ein mit Büchern. Wir besorgen Kekse. Dazu den besten aromatisierten Tee, den man in der Stadt kriegen kann, Vanillje, sagt sie dazu, mit einem schnellen n und einem langen, gedehnten l. Sie kauft Bettwäsche, aus der wir uns nicht mehr hinausbewegen, die wir nicht mehr wechseln wollen. Wenn sie abends nicht da ist, hat sie in der Küche etwas in den Staub auf den Fensterscheiben geschrieben.

Wir fahren in die Stadt, zusammen mit den anderen, in einen Pub, in dem es nach Schmieröl riecht und Guiness in dreckigen Gläsern serviert wird: Sie kommt vom Klo zurück und schreit den Kellner an. Ich liebe es, wenn ich bis zu den Knöcheln in Pisse stehe, und alle lachen. Der Kellner zuckt mit den Schultern und zapft ein Guiness, das sie nicht bezahlen muß. Auf dem Weg nach Hause kurbelt sie das Schiebedach auf. Über uns zeigt der Himmel seine Sterne. So viele, wie es die Stadt erlaubt. Sie schaltet das Band ein, reicht mir die Bierflasche, und wir grölen: Meine Art Liebe zu zeigen, das ist ganz einfach schwajgnnn.

Auf Festen liegen wir nebeneinander in der Badewanne, weil wir zu Hause keine Wanne haben, nicht bei ihr, nicht bei mir. Meistens sind wir so betrunken, daß die anderen uns einfach liegen lassen. Sie schütteln den Kopf, wenn sie uns sehen, ziehen den Duschvorhang zu, pinkeln neben uns ins Klo. Seid ihr blöd oder was?, fragt man uns, und wir antworten, ja, natürlich sind wir blöd oder was, und sie lacht dann wie ein Kind, das kaum älter ist als fünf. Jetzt ist alles vergessen. Daß ihr Vater beim Essen so lange gewartet hat, bis alles unten war. Daß ihre Mutter die Cognacgläser versteckt hat, sobald jemand kam. Daß sie auf dem Schulweg immer drei Meter hinter den anderen gelaufen ist, nie den Mund aufgemacht hat.

Meistens nehme ich sie morgens mit in die Stadt, bringe sie zur großen Kreuzung hinter dem Theater, wo sie Richtung Fußgängerzone weiterläuft. Heute parke ich den Wagen, steige aus, um Zigaretten zu kaufen. Sie überquert die Straße, steht an der nächsten roten Ampel in der Menschenmenge. Ich schaue ihr nach, die wenigen Schritte, die sie geht, und sicher weiß sie, daß ich ihr nachsehe. Jetzt dreht sie sich um, nimmt ihr Halstuch ab, winkt mir damit zu, ruft etwas über die fremden Köpfe hinweg, ein paar Köpfe drehen sich in meine Richtung, sie lacht und verschwindet in der Menge. Einmal noch kann ich ihr blondes Haar sehen, dann verschwindet sie, irgendwo zwischen fremden Schultern.

*

Ich habe gestern fünf Interviews geführt, mindestens zehnmal nasse Hände geschüttelt, mindestens dreißigmal gesagt: Bitte schauen Sie beim Sprechen nicht in die Linse, sondern zu mir, einfach zu mir, und reden Sie bitte ganz natürlich, denken Sie nicht an dieses Gerät, ich weiß, das ist schwer. Der Kameramann hat die Augen verdreht, beim gemeinsamen Mittagessen hat er nicht ein Wort gesagt, die Rechnung habe ich bezahlt, auf der Fahrt hat er gehupt und geflucht, daß ich Kopfschmerzen davon bekommen habe. Später hat er Leute auf der Straße als Asoziale beschimpft, und ich habe eine Prügelei verhindert, als ihm deshalb jemand die Kamera von der Schulter schlagen wollte.

Am Abend habe ich bei der Produktion gebrüllt, daß ich nie wieder mit so einem Arschloch zusammenarbeiten will, und die Produktionsassistentin hat leise gesagt, okay, mußt du nicht. Später hat sie irgendwas zu ihrem Chef geflüstert, und er hat mich angeschaut, als sei ich durchgedreht, ausgerechnet ich. Ich bin in einer Bar gelandet, anschließend, und habe Bier getrunken. Jemand hat mich angesprochen, und ich habe gewußt, das ist das schlimmste, was mir passieren kann, daß mich ein Fremder in einer Bar anspricht.

Beim Entlieben nimmt man ab, hat der Fremde gesagt, und ich habe ihm erklärt, das sei Quatsch, jedenfalls bei mir treffe das nicht zu. Ich habe mindestens acht Kilo zugenommen. Ich stelle mich nicht mehr auf die Waage. Ich habe sie eingepackt in Plastik, sie ist in einem Schrank verschwunden, von dem ich bereits vergessen habe, wo er steht. Ich esse alles. Alles, was meine Mutter vorbeibringt, alles, was ich im Supermarkt einpacke, alles, was ich nebenbei an Tankstellen besorgen kann, alles, was ich im Eisfach verstaue.

Beim Verstauen habe ich die Fotos von uns entdeckt, die wir vor etwas mehr als einem Jahr geschossen haben. Ich von ihr und sie von mir. Auf dem Foto hat sie weißgefärbte Haare, die ihr in langen Strähnen ins Gesicht fallen. Damals hat sie gesagt, es sei eines der wenigen Fotos von ihr, das sie nicht quäle, und deshalb dürfe ich es an den Kühlschrank kleben. Später hat sie die Fotos ins Eisfach gelegt und erklärt, ihr Gefühl für mich sei so kalt wie die Temperatur in diesem Eisfach. Ich habe die

Fotos dort liegengelassen. Neben drei Packungen Rahmspinat.

In unseren letzten Wochen hat sie Fotos von mir wie ein Beweismittel vorgelegt. Alle waren unscharf. Sie sagte, ich hätte meine Konturen verloren, und es sei kein Wunder, daß auch die Fotos so geworden seien. Sie ist mit den konturlosen Bildern verschwunden, und seitdem bin ich krank. Ich habe Magenschmerzen. Ich lasse mir die Zähne machen. Ich hatte eine Gürtelrose. Sogar Atemnot. Ich lag auf Steinen, irgendwo in einem Wald, in dem ich nie zuvor gewesen war, und glaubte, keine Luft mehr zu kriegen.

Ich habe mich gefragt, in den Nächten, und später auch am Tag, was es soll, dieses Sitzen an Häfen oder auf einem Vorsprung, der kein Balkon ist, oder am Meer, wenn die Sonne untergeht. Was es soll, Bier zu trinken, sobald der Himmel anfängt, sich zu verfärben. Was es soll, im Bett zu bleiben, den ganzen Tag. Heute morgen habe ich mich krank gemeldet. Die Produktionsassistentin hat leise gesagt, gute Besserung. Meine Mutter ist gekommen, mit frischen Brötchen, die dann keiner gegessen hat. Wir haben ein Klingelzeichen vereinbart, zweimal kurz, einmal lang, da ich die Tür seit Monaten niemandem mehr öffne. Meine Mutter hat die Zeitung gebracht, um mir die Abbildung einer Frau zu zeigen, die sich ihre Nase hat richten lassen. Die Operation ist mißglückt, die Frau entstellt. Meine Mutter hat die aufgeschlagene Zeitung neben meine Tasse Kaffee gelegt und ihren Mutterblick aufgesetzt, der mir sagen will, dort ist das wahre Leid, sei du glücklich.

Ich habe die dreckige Wäsche aus dem Zimmer geholt, den Wasserhahn aufgedreht, Waschpulver in die Maschine gefüllt, dazu Weichspüler, und es hat mich beruhigt, das zu tun. Ich habe mich vor die Waschmaschine gesetzt, der Trommel beim Drehen zugesehen, bei ihrer immergleichen Bewegung. Ich habe auf das Geräusch gehört, das sie von sich gibt, wenn sie sich in Bewegung setzt, und auf das Geräusch des Wassers, wenn es in die Trommel fließt. Später habe ich vor dem Wäscheständer gesessen, mit einer Tasse aromatisierten Tees, und so lange gewartet, bis die Wäsche trocken war. Ich habe beobachtet, wie die feuchte Heizungsluft die Fenster beschlagen hat, wie die Wassertropfen hinabgeperlt und dann auf die Fensterbank gefallen sind. Das geht seit Monaten so. Ich schaue der Wäsche beim Trocknen zu und denke, genau das, dieser Anblick, wird für eine Weile reichen müssen.

Unter Hunden

In einem Haus lebten wir, einem Haus mit roter Fassade, mit fünf oder sechs Stockwerken, Familien über uns, unter uns, übers Haus verteilt, mit ihren Kindern, hinter jeder Tür drei oder vier, mit ihren Großeltern, die an den Fenstern standen, um hinauszusehen auf die Autobahn, auf Strommasten und die wenigen Wege, die hinaus aus dieser Siedlung führten. Kai gehörte zu einer dieser Familien, einer Familie aus Brüdern, in einem dieser Häuser, mit blaßblauer Fassade, auf der anderen Seite der Straße, hinter den Spannungskästen, dort, wo die Züge in die Stadt fuhren und wir uns manchmal, an den Abenden, über die Gleise stießen. Kai, mit einer Mutter, die wir selten sahen, und die Tüten in den Händen hielt, drei, vier in jeder Hand, wenn sie die Straße hinablief, nach ihren Einkäufen, und nie geradeaus schaute dabei, bloß nach unten, auf den Weg, auf die Steinplatten vor ihren Füßen, als hätte sie Angst zu stolpern. Kais Mutter, mit diesem Haar, über das man sagte, sie solle es färben, und mit diesem Ruf, weil man glaubte, jedes ihrer Kinder sei von einem anderen. Ihre jüngeren Söhne gingen auf die schlechten Schulen, die älteren saßen vor den Hauseingängen, unter den Rissen im Vordach, auf Möbeln, die irgendwer auf den Müll geworfen hatte.

Immer umgab sich Kai mit zwei, drei Jungen aus der Straße, die ihm blind folgten. Sie zogen mit ihm über Felder, stahlen sich in Hauseingänge, versteckten sich auf Speichern, hinter Türen aus Holzlatten, bis sie jemand verscheuchte. An den Nachmittagen dieses Sommers, an den ich denke, saßen sie neben Kai auf einer Bank, auf diesem Platz, auf dem wir uns alle trafen. Sie saßen dort, ohne viel zu reden, bis in den Abend hinein, wenn sie allein zurückblieben, weil sich der Platz leerte und wir anderen in Hauseingängen verschwanden, hinter roten und blauen Fassaden. Wenn wir sie kommen sahen, schon von weitem, Kai und die anderen, mit ihren Hunden, die sie von der Leine ließen, standen wir von der Bank auf und gingen weiter. Es war etwas an ihnen, das uns bedeutete, es ist nicht gut, ihnen gegenüberzustehen, es ist nicht einmal gut, an ihnen vorbeizulaufen. Kai sprach kaum, meist bewegte er nur sein Kinn, seine Hand, aber jeder verstand seine Gesten, selbst die winzigen, die kaum sichtbaren, und daß es zu spät war, den Platz zu verlassen, wenn Kai und die anderen nähergekommen waren, auch das verstand jeder.

In diesem Sommer spielten wir ein Spiel, nachmittagelang, wochenlang. Wir zeichneten einen großen Kreis in den Sand, einen Erdball, mit einem Stock, den wir durch den Sand zogen, von den Bänken bis zu den Schaukeln, teilten die Welt ein, wie wir es wollten, und dann stand jeder auf einem Streifen Sand, auf einem Teil Welt, der an diesem Nachmittag ihm gehörte. Jemand warf ein Stöckchen durch die Luft, durch diesen blauen Himmel ohne Wolken, ein Stöckchen, das sich drehte und wendete im Flug und dem wir nachschauten, die Köpfe in den Nacken geworfen, bereit loszulaufen, sobald es fallen würde. Wenn es einem von uns vor die Füße fiel, der es schnappte und losrannte, liefen wir anderen hinterher, schreiend, kreischend, um dieses Stöckchen zurückzuholen, dieses eine Stück Land zurückzugewinnen, diesen einen Teil Welt, auf dem es gelandet war. Kai teilte die Welt am häufigsten

80

ein, er nahm uns den Stock aus der Hand, wenn wir angesetzt hatten, in den Staub zu zeichnen, warf ihn hoch und weit, und wenn er sich in den Bäumen verfing, zwischen Zweigen, in den dichten Baumkronen weit über uns, und wir anfingen zu lachen, drehte sich Kai zu uns, schnappte sich einen und brüllte, was ist daran witzig, an einem Stock, der in einem Baum landet. Und dann kletterte er hoch, um diesen einen Stock zu holen, obwohl doch überall Stöckchen und Zweige herumlagen.

An einem dieser zeitlosen Nachmittage, die sich jetzt so aneinanderreihen, als habe sie nichts unterbrochen, als seien sie ein einziger langer Nachmittag gewesen, warf Kai das Stöckchen vor meine Füße, ohne es vorher durch die Luft geworfen zu haben, ohne daß wir ihm unter einem blauen wolkenlosen Himmel hätten nachsehen können. Kai hatte die Hände auf seine Beine gestützt, seinen Kopf fallen lassen, zwischen die Arme, wie er es immer tat, bevor er sich aufrichtete und ausholte, um zu werfen, und dann lag es da, dieses Stöckchen, vor meinen Füßen. Ich rührte mich nicht, obwohl ich sofort hätte loslaufen müssen, ich blieb stehen, und auch sonst lief niemand los, um es mir abzunehmen. Wir alle schauten darauf, wie es im Sand lag, vor meinen Füßen, auf die es zeigte, als hätte Kai es genauso werfen wollen, damit es auf mich, auf meine Füße zeigte, und wir schauten zu Kai, der nichts sagte, der nicht einmal sein Kinn bewegte, nicht einmal seine Hand, und ich weiß noch, hinter uns sprang ein Kind von einer Schaukel, die weiter vor- und zurückschwang.

Am nächsten Morgen stand Kai an der Straßenecke, dort, wo der Weg hinabführte, an Garagen vorbei, zur

81

Schule. Kai, mit losen Schnürsenkeln, die auf seinen Schuhen lagen, Kai, mit der Haarfarbe seiner Mutter. Er ging neben mir, ohne daß ich es gewollt hätte, und ich achtete darauf, daß er mir nicht zu nah kam, daß er meine Schulter nicht berührte. Er sagte, ich bringe dich hin, und in den Tagen darauf sagte er nichts mehr, auch nicht, während er neben mir lief. Jeden Morgen brachte er mich zum Schultor, blieb davor stehen und hielt seinen Arm ausgestreckt vor mich, auf Brusthöhe, um mir zu bedeuten, ich dürfe nicht gehen, nicht, bis alle anderen durchs Tor gegangen waren, und während die anderen an uns vorbeiliefen, schämte ich mich, daß sie mich mit Kai sehen mußten, ausgerechnet mit Kai.

Auch an den Nachmittagen stand er dort und fing mich ab, wartete auf der anderen Straßenseite, unter dem Vordach des Schreibwarenladens, im Schatten, neben seinen Hunden, die er von der Leine gelassen hatte, die Hände tief in den Taschen, sein Blick wie der seiner Brüder. Ich gab vor, ihn nicht zu sehen, wartete neben dem Tor, in der Hoffnung, er würde gehen, oder ich ging schneller als die anderen, weil ich glaubte, Kai würde mich aus den Augen verlieren, aber jedes Mal stieß er kurz darauf zu mir und lief wieder neben mir, den ganzen langen Weg an den Garagen vorbei, und an der Straßenecke, wo sich der Weg teilte, blieb er stehen und sagte, bis morgen.

Manchmal bog Kai hinter den letzten hohen Häusern ein, ging hinter den Schrebergärten weiter, und schlüpfte mit mir durch einen Maschendraht, den jemand zerschnitten hatte. Er setzte sich auf eine Mauer und fing an, mit seinem Taschenmesser an einem Zweig zu schneiden, bis wir das Grüne unter der Rinde sehen

konnten, und während die Späne hinabfielen, auf die
Steine unter seinen Füßen, stand ich vor ihm und schaute ihm zu, weil ich nicht wußte, wo ich sonst hinschau-
en sollte. Kai schnitt eine Spitze, bis der Ast aussah wie
ein Pfeil, und dann warf er ihn so über meinen Kopf,
daß er hinter mir im Boden steckenblieb.

Morgens, wenn ich aufwachte, hoffte ich, Kai würde
nicht dort stehen, er würde nicht auf mich warten. Ich
wünschte, er habe mich vergessen – mich, den Weg zur
Schule, den Platz hinter den Schrebergärten, den Campingwagen, die abgebrochenen Äste, die Pfeile. Aber
Kai ließ keinen Tag aus. Wenn er nicht an der Straßenek-
ke wartete, stieß er kurz dahinter zu mir, nur zwei Häuser, zwei Eingänge weiter. Auch an den Nachmittagen,
auf den Plätzen, auf denen wir spielten, blieb Kai in meiner Nähe, immer in Sichtweite, drehte seinen Kopf zu
mir, immer wieder, und sobald er merkte, jemand stritt
mit mir, pfiff er nach seinen Hunden und kam zwei
Schritte auf uns zu, nicht mehr als zwei Schritte, und
der Streit legte sich. Wenn wir unser Spiel spielten und
mir jemand ein Stück Land abnahm, sorgte Kai dafür,
daß ich es wiederbekam und mein Gegner in der nächsten Runde ausschied. Bald fing ich an zu glauben, Kai
könne mich sehen, selbst wenn er nicht zum Platz kam,
um mit den anderen auf der Bank zu sitzen oder mit
seinen Hunden durch den Sand zu toben, selbst wenn
ich mich versteckte, hinter Büschen, dort, wo die Wiesen aufhörten und der Weg hinaus in die Felder führte.

Ich wußte nicht, warum Kai mich ausgesucht hatte, mich,
die er einkreisen konnte, mit bloßen Schritten, mit einer
bloßen Bewegung seines Kinns, und die den Kreis, den
er gezogen hatte, nicht durchbrechen konnte. Irgend et-

was ließ mich glauben, ich könnte sie nicht ändern, diese Folge endloser Nachmittage, aus der nur ein Nachmittag herausfiel, weil Kai nicht allein vor dem Schultor stand, um auf mich zu warten, sondern zusammen mit den anderen, die sonst neben ihm auf den Bänken saßen. Sie standen wie Kai unter dem Vordach, im Schatten, ein Bein angewinkelt, und als ich losging, stießen sie sich ab und folgten mir und Kai und seinen Hunden.

Kai ging hinter den Campingwagen zu seinem Stück Mauer, setzte sich, zog sein Messer heraus, fing an, an einem Ast zu schnitzen, und die anderen rauchten und spuckten in hohem Bogen auf Campingwagen. Sie spuckten über meinen Kopf, und jedes Mal, wenn ich versuchte, einen Schritt zur Seite zu gehen, machte Kai eine Bewegung mit dem Kinn, und ich blieb stehen, regungslos, schaute zu Boden und wartete darauf, daß es vorbei sein würde, daß sie mich freigeben würden, für den Abend, bis zum nächsten Morgen. Und dann, in einem Moment, in dem Kai die Messerklinge zwischen seinen Fingern drehte, um mich zu blenden wie mit einem Spiegel, traf mich einer an der Schulter, an meiner rechten Schulter, und ich schaute auf, schaute auf meine Schulter, auf mein Hemd, mein grünes Hemd, auf dem sich Spucke verteilte. Kai ließ sein Messer fallen, sprang von der Mauer, und trotz seines Sprungs war es jetzt seltsam still, einen winzigen Augenblick lang, und in diesem Augenblick fing ich an zu laufen, ich lief davon, zum ersten Mal, seit Kai das Stöckchen vor meine Füße geworfen hatte, zum ersten Mal lief ich davon, von Kai und den anderen, weg von diesem Platz hinter den Campingwagen, weg von dieser Mauer, von diesen Hunden, rannte über die Straße, vorbei an Spannungskästen und Garagen, und weiter, bis zu einem Hauseingang, in den

84

ich hineinschlüpfte und die Treppen nach oben nahm,
um mich zu verstecken.

Ich hörte sie hinter mir, unter mir, wie sie die Haustür
aufstießen, wie ihre Hunde durch den Hausflur tobten
und bellten, wie sie es zuließen, daß sie tobten und bellten, während ich nach oben schlich, geräuschlos, mit
dem Rücken an der Wand, langsam weiter nach oben,
bis dorthin, wo es hinter einer Tür zu den Speichern
ging, über einen Flur zu den anderen Häusern, dort, wo
sich Kai und die anderen hin und wieder versteckten.
Ich wußte, ich würde die Tür zu den Speichern öffnen
müssen, gleich würden Kai und die anderen ihre Hunde
laufen lassen, und sie würden die Treppen hochjagen,
weil sie mich schon riechen konnten, weil sie mich
längst schon gerochen hatten. Jemand brüllte hinunter,
ich hörte Kai und die anderen lachen und dann eine Tür
ins Schloß fallen, in diesem Hausflur, kühl und dunkel,
während draußen die Hochsommersonne in einem
blauen Himmel stand. Ich versuchte, die Tür zu öffnen,
die zu den Speichern führte, ganz leise versuchte ich es.
Ich war sicher, Kai wußte, ich war hier oben, vor dieser
Tür, die sich nicht öffnen ließ, nicht von mir, und daß er
bloß die Treppen hochzusteigen brauchte, langsam,
wenn er wollte, um mich hier, vor dieser Tür zu finden,
in meinem grünen Hemd, das an der Schulter klebte,
und dann hörte ich Kai, Kais Stimme, die man fast nie
hörte und die jetzt sagte: Sie ist weg, laßt uns gehen,
und Kai sagte es so laut, daß ich es hören konnte, fünf,
vielleicht sechs Stockwerke weiter oben, wo ich stehen-
blieb und meinen Rücken, meine Hände gegen die Tür
preßte, auch noch als Kai und die anderen längst schon
gegangen waren.

Kai stand nicht mehr morgens an der Straßenecke, um bis zur Schule wortlos neben mir zu laufen. Er fing mich auch nicht ab, zwei, drei Häuser weiter, und er stand nicht mehr unter dem Vordach des Ladens, neben den Auslagen mit Stiften und Zeichenblöcken. Ich begriff erst nach Wochen, daß er nicht mehr kommen würde. Bis zum Herbst, vielleicht sogar bis zum Winter, dachte ich jeden Morgen, jeden Mittag daran, daß ich ihn gleich sehen müßte, hinter einem Hauseingang, hinter einem Auto, mit den Händen tief in den Taschen, seine Hunde neben ihm.

Ich sah Kai kaum mehr auf den Plätzen, wo wir anderen uns weiterhin trafen, jeden Nachmittag, solange es die Sonne zuließ, um mit einem Stöckchen Linien in den Sand zu ziehen, für unser Spiel, und es dann durch die Luft zu werfen, durch diesen immer noch blauen Himmel. Wenn ein Hund über den Platz rannte, sah ich hoch, dorthin, wo man den Platz betrat, über vier, fünf Steinplatten, die sie ausgelegt hatten, damit man die Kinderwagen nicht durch den Schmutz schieben mußte. Aber nie war es Kai, der über die Steinplatten lief, und ich weiß nicht, wie oft ich hochsah, jedes Mal, wenn jemand kam, und wie lange es dauerte, bis ich aufhörte zu glauben, es sei Kai, wenn andere mit ihren Hunden durch den Sand tobten, wie lange ich noch gedacht habe, Kai sei es – Kai, mit seinen losen Schnürsenkeln, mit der Haarfarbe seiner Mutter.

Heißester Sommer

Lisa und ich und die anderen, wir haben die Autobahn verlassen, länger schon, sind über Landstraßen gefahren, irgendwo hinter Udine, unweit von gleich zwei Ländergrenzen, haben immer wieder nach dem Weg gefragt, mit den wenigen Worten Italienisch, die wir kennen, und alle haben die Köpfe geschüttelt, mit den Schultern gezuckt, sich umgedreht, nach jemandem gerufen, und dann standen zwei, drei zusammen, stritten miteinander und erklärten uns schließlich, wie wir zu fahren haben. Nun glauben wir endlich, richtig zu sein. Das kleine Schild an der Abzweigung trägt den Namen, nach dem wir gesucht haben, seit heute vormittag, vielleicht seit gestern schon, Lisa hat sicher seit Wochen schon danach gesucht, in Gedanken wenigstens, und in den letzten Tagen immer wieder auf ihren Zettel geschaut, der abgerissen worden sein muß, von einem Bogen Papier, ein Zettel mit einer Anschrift, mit Bleistift geschrieben, in Buchstaben, als habe sich ein Kind an seinen ersten Sätzen versucht.

Wir fahren über Schotterpiste, über einen schmalen Weg. Meine Mutter jammert, was, wenn uns jemand entgegenkommt. Aber da ist niemand, nicht in einem Auto, nicht auf einem Mofa, nicht einmal zu Fuß. Wir fahren hoch und höher, vorbei an Holzkreuzen, an Bergziegen, an Bäumen, die jetzt weniger dicht stehen, kleiner sind und nicht mehr sattgrün, unter einem Himmel, der plötzlich ins Weiße kippt. Da ist schon lange keine Ebene mehr, auf die wir hinabblicken könnten.

Der Laubwald hat sie verschluckt, kurz nachdem wir abgebogen sind, die Ebene mit ihren Häusern und Mauern, ihrem Gelb und Rot. Mein Bruder wischt sich den Schweiß von der Stirn, er bremst und hupt vor jeder kleinen, steilen Kurve, die Räder geben nach, der Wagen rutscht, wirbelt Staub auf, wir kurbeln die Fenster hoch, trotz der Hitze, und Lisa und ich, auf den Rücksitzen, wir drehen uns um, nach jeder Kurve, die uns höher führt, blicken durchs Fenster, auf dem feiner hellgelber Staub liegt, und ich schaue zu Lisa, wünschte mir einen Blick von ihr, aber sie sieht mich nicht mehr an. Seit wir abgebogen sind, unten im Tal, hat sie mich nicht mehr angesehen. Sie hält den Zettel mit der Anschrift in den Händen, als müsse sie sich daran festhalten, als könnten wir uns jetzt noch verfahren, als könnte sich der Weg jetzt noch einmal teilen und uns wegführen, in eine andere, in eine falsche Richtung.

Die Piste endet zwischen zwei kleinen Häusern, auf einem Hof, der still und schattenlos in der Mittagssonne liegt. Hühner, Hasen, zwei Ziegen, ein Hund, der aufspringt und zum Wagen läuft, ohne zu bellen. Jemand tritt aus der Tür, in blauen Hosen, kariertem Hemd, mit einer Mütze, die er beim ersten Schritt schon abnimmt und unter die Achsel klemmt, kommt auf uns zu, reicht jedem von uns die Hand und lächelt ein Lächeln, das sich seit der Kindheit wenig verändert haben kann, mit einem schiefen Mund, der kleine Zähne zeigt. Luca, der sich nicht hätte vorstellen müssen, weil wir wissen, er ist der einzige, der noch auf diesem Hof lebt, Lisas Vetter oder Onkel, wir wissen es nicht, wir fragen auch nicht danach, es bleibt unwichtig, jetzt, in diesem Augenblick. Wir werden es später herausfinden, später, wenn wir zurückgekehrt sind an unsere Orte, an die Orte, an denen wir leben, ohne Schotterpiste, ohne Steinhaus, ohne Ziegen. Wir versuchen ein paar Worte, ein paar Sätze, es gelingt uns. Der Hund schmiegt sich an Lisas nackte Beine, die von der Sommersonne dunkelbraun sind. Er leckt über ihre Füße, die in hellblauen Sandalen stecken.

Luca führt uns ins Haus, in das kleinere von beiden, dessen Dach schief liegt, vielleicht, weil es zu viele Winter, und zu viele Sommer, hier, in den Bergen, hat durchstehen müssen. Er nimmt Gläser von einem Tablett, stellt sie auf den Holztisch, der so aussieht, daß man ihn bei uns, an unseren Orten, sofort verkaufen könnte, für einen Preis, über den Luca sicher staunen und lachen müßte, gießt roten Wein ein, und Wasser. Lisa schaut sich um, wie jemand, der das Recht hat, sich so umzusehen, der sogar das Recht hat, Schubladen zu öffnen, Schranktüren, Schachteln mit Zetteln, mit Briefen. Alles schaut sie sich lange an, die schwere Tür, die von der Küche ins Zimmer führt, die dunklen Schränke mit dem wenigen Geschirr, dem kleinen Stapel weißer Wäsche, den Korb vor dem Ofen, mit Holzscheiten darin, altem Papier, und die Balken über uns, hinter denen ein kleines spitzes Dach die Sonne abwehrt, und nur durch zwei, drei Spalte gerade so viel Licht zuläßt, daß wir ahnen, mit welcher Kraft sie draußen die Dinge versengt.

Ringsum scheint das Holz zu reden. Ein Knistern, ein Knarren kommt von den Böden und Balken. Wir stehen und halten uns an unseren Gläsern fest, an dem bißchen Wein darin. Wir kennen Luca nicht, haben ihn nie gesehen, nie hat er für uns, unser Leben eine Rolle gespielt, er tauchte nicht einmal in den Geschichten auf, die Lisas Mutter hätte erzählen können, fern dieses Dorfes, das nicht einmal ein Dorf ist, nur ein Ort in den Bergen, mit einem Hof, auf dem zwei kleine Häuser stehen, die Lisas Mutter verlassen hat, vor so vielen Jahren, daß sie gar nicht mehr weiß, vor wie vielen.

Wir dürfen uns umsehen. Luca erlaubt es uns, indem er die Hände hebt, uns die Handflächen zeigt und einen Schritt zurückgeht, als wolle er Platz machen. Hier hat Lisas Großmutter gelebt, der Lisa nie begegnet ist, die sie kaum von Bildern kennt, weil es kaum Bilder gibt, aus dieser Zeit, in der Lisas Mutter hier aufwuchs, durch die nahen Wälder streifte, mit den Hühnern über den Hof lief, die Hasen beweinte, denen sie das Fell abzogen, und manchmal Steine in eine Baumkrone warf, weil sie das Geräusch mochte, das dann von den Blättern kam, dieses schnelle, kurze Rascheln. Bis vor wenigen Wochen noch lebte Lisas Großmutter hier, jetzt liegt sie auf dem Dorffriedhof, zwei Täler weiter, unter einem Holzkreuz und wenigen Blumen, die Luca gebracht hat, Luca, der alle drei, vier Tage mit dem roten Lieferwagen hinabfährt, dabei vor jeder Kurve hupt, den Staub der Straße aufwirbelt, und der uns sagt, nächstes Jahr wird dort ein Stein stehen, darauf ein Foto von ihr, ein Schwarzweißfoto.

Lisa nimmt einen Schluck Wasser. Ihr Blick hat sich verändert, etwas hat sich vor das Blau ihrer Augen gelegt, wie eine Scheibe aus Milchglas. Sie wendet sich ab, legt eine Hand auf die Anrichte, als müßte sie sich abstützen, wenigstens für einen Augenblick, als wollte sie nicht, daß wir ihr Gesicht so sehen, und diesen Filter, der sich davorgelegt hat. Luca öffnet die Zimmertür, ohne daß sie danach gefragt hätte, und ein Geruch schlägt uns entgegen, eine Mischung aus Staub in alten Stoffen, dazwi-

schen etwas Scharfes, fast Beißendes. Lisa zieht die Vorhänge beiseite, wie jemand, der das darf, wie jemand,
der sich auskennt, weil er hier jeden Morgen die Vorhänge zur Seite zieht, um zu sehen, wie die Sonne steht,
wie der Himmel leuchtet. Es gibt wenig, an dem sich
ihr Blick festhalten könnte, ein Bett mit einer weißen,
gehäkelten Tagesdecke, die an zwei, drei Stellen schon
ausgebessert wurde und an den Seiten zwischen Bett
und Matratze geklemmt ist, zwei Zierkissen darauf, in
dunklem Rot, ein Kleiderschrank, den Lisa jetzt öffnet.
Sie fährt mit den Fingern über Wäsche, befühlt Stoffe,
hebt dann eine Hand. Es sieht aus, als wolle sie uns ein
Zeichen geben, als wolle sie uns sagen, laßt mich, geht.
Sie beugt sich vor, um ihr Gesicht zwischen dunklen
Mänteln zu vergraben. Wir sehen nur noch ihr Haar,
ihr langes, hellbraunes Haar, das zu beiden Seiten, zwischen den Schranktüren, auf dunklen Stoffen liegt.

Mein Bruder versucht zu reden, mit dem bißchen Italienisch, das er kann, das er gelernt hat, abends, an einer
Schule, oder in einem Heft, auf dem steht, Italienisch
für Anfänger. Er versucht zu reden mit Luca, vielleicht,
um Lisa die Zeit zu lassen, die sie braucht, um in einem
Stoff, in einem Geruch zu versinken, vielleicht auch nur,
um die Stille aufzulösen, diese seltsame Stille, die sich
auf uns gelegt hat und selbst die Worte schluckt, die
jetzt noch gesprochen werden, eine Stille, die entstan-
den ist, da wir alle auf Lisas Haar geschaut haben, auf
nichts anderes mehr als auf ihr Haar.

Lisa ist die wenigen Schritte zur Kommode gegangen,
ein bißchen, als würde sie taumeln, sie hält ein Foto in
den Händen, ein Schwarzweißbild in einem Holzrah-
men, das beim Fotografen aufgenommen wurde und

ihre Großmutter zeigt, vielleicht so, wie sie war, vor zehn, zwanzig Jahren, mit kurzem schwarzen Haar, das an der Seite gescheitelt und in Wellen gelegt ist, mit kleinen Ohrringen, die an den Läppchen ziehen, einer passenden Kette und dem Kragen einer Bluse, mit einem Muster aus winzigen Blättern und Zweigen, eine Bluse, die im Schrank hängt und die Lisa befühlt hat, bevor sie, etwas taumelnd, zur Kommode gegangen ist.

Sie steht da, und irgend etwas an ihr sieht in diesem Augenblick kleiner, jünger aus. Ich bin sicher, die anderen sehen es auch. Mein Bruder, meine Mutter haben aufgehört zu reden, Lisa hält das Bild fest, mit beiden Händen, sie fragt, ob sie das Foto mitnehmen dürfe, wir müssen nicht übersetzen. Luca nickt und sagt, natürlich, in seiner Sprache, und dann fängt Lisa an zu weinen, Lisa, die man nie weinen sieht, lautlos, mit zuckenden Schultern, so, als könnte sie vor uns verbergen, daß sie weinen muß, um eine Großmutter, die sie sich immer nur zusammengefügt hat, nur in Gedanken, nur in ihrer Vorstellung, aus den wenigen Worten, die Lisas Mutter über sie verloren hat, die Lisa nie gesehen hat, weil sie anderswo, weit weg, auf einem anderen Kontinent lebte, hier, mit Ziegen und Hühnern und Hasen, mit einem Bett, das sie mit niemandem geteilt hat, und einem Ofen, in den man Holz legen muß, damit er wärmt, mit einer Sprache, in der Lisa nicht mehr als Guten Tag und Danke sagen kann, und das auch nur, weil wir ihr gesagt haben, wie.

Lisas Mutter hat diesen Ort verlassen, als sie alt genug war, und sie hat ihn schnell verlassen, ohne zu zögern, ohne sich umzudrehen, so schnell, daß es den anderen schien, als habe sie nur auf diesen Tag gewartet, sich immer schon ausgemalt, wie sie an diesem Tag, mitten im heißesten Sommer, ihren Koffer nehmen, ihr Tuch umbinden, ihre Schuhe anziehen, und dann, nach einem letzten Blick in den Spiegel, was sie sagen würde, zu ihrer Mutter, und den anderen, auch zu Luca, der damals jünger war als Lisa und ich es jetzt sind, und daß er nur noch habe kommen müssen, dieser Tag, damit sie endlich all das tun und sagen konnte, was sie sich gewünscht hatte, auf ihren Wegen durch die Wälder, wenn sie versucht hatte, sich von dem zu entfernen, was sie umgab. Gelaufen war sie damals, ins Tal, trotz des Staubs, der ihre Schuhe bedeckte, bis zur größeren Straße, an der sie den Bus in die Stadt nahm, um von dort weiterzufahren, quer durchs Land, zur anderen Seite, dorthin, wo die großen Schiffe ablegten, in ein stechend blaues Meer, das sie noch nie gesehen hatte, und sie wußte, welches Schiff es sein und wo es sie hinbringen würde, auch das hatte sie sich genau ausgemalt.

Lisas Mutter hat uns nie davon erzählt, aber Lisa sagt, sie habe den erstbesten Mann genommen, der sie auf diesem Schiff ansprach, mit Blick auf das dann tiefgrüne Wasser, auf den weißen Schaum der Wellen, und einen Himmel, der für Lisas Mutter zum ersten Mal weit und endlos gewesen sein muß, nicht mehr zerschnitten und versteckt von Wäldern. Dieser Mann ist Lisas Vater geworden, und Lisa hat es immer so gesagt, als habe ihre Mutter froh sein müssen, überhaupt von jemandem bemerkt, überhaupt von jemandem angesprochen zu werden, Lisas Mutter, die in den Sommern, die wir zusammen verbrachten, in den Eisdielen auf Italienisch bestellte, mit leiser, kaum hörbarer Stimme, weil sie Angst hatte, jemand könne hören, daß sie nicht wirklich Italienisch sprach, sondern etwas anderes, etwas,

das man hier oben, nur hier oben, in diesen Bergen
spricht und das sie sofort verraten hätte. Lisas Mutter,
die sich später die Haare blondierte, die Wimpern färbte, nur noch Kleider kaufte, die sie naß aufhängen und
nicht bügeln mußte, in einem Haus lebte mit großen
Fenstern, ohne Treppen, in dem das einzige Tier eine
schneeweiße Katze war, die sie nicht hinausließ. Lisas
Mutter, die einen zu großen, zu grünen Wagen fuhr,
den sie nicht einparken konnte, und nur noch zwei Mal,
für wenige Tage, in ihr Dorf, zu ihrem Hof zurückkehr-
te, wo die anderen sich wunderten, über ihr Haar und
ihre Wimpern, vielleicht auch darüber, daß sie wirklich
gegangen war und dann in ihrem alten Bett schlief wie
eine Fremde.

Lisa schaut aus dem Fenster, einem winzigen Fenster,
eingerahmt von dunklem Holz. Sie sieht auf den Boden
draußen, auf den Hühner und Ziegen ihre Spuren gesetzt haben, auf Kästen mit Kaninchen, sie hält das
Foto in den Händen, wie etwas, das sie lange gesucht
und endlich gefunden hat, dreht sich zu uns und schaut
mich an, als wollte sie sagen, gut, ich bin fertig, wir können gehen. Luca nimmt aus dem Schrank ein weißes
Tuch, in das Lisa das Bild einwickelt, wie ein Geschenk,
mit dem sie vorsichtig sein will. Er bleibt stehen vor den
geöffneten Türen, als hoffe er, Lisa würde noch etwas
haben wollen, von dieser Wäsche, von diesen Kleidern.
Lisa bleibt im Türrahmen stehen, in diesem kleinen Türrahmen, den sie fast ausfüllt. Sie legt die Hände rechts
und links auf den Rahmen, als könne sie so noch etwas
mitnehmen, und wenn es nur ein Gefühl an den Händen wäre. Wir verabschieden uns zögernd und ungeschickt. Genauso ungeschickt, wie wir uns umgeschaut
haben, im Haus und auf dem Hof, obwohl Luca uns

alles erlaubt hat, in diesen wenigen Stunden, in denen
wir seinen Wein getrunken und versucht haben, ein bißchen zu reden, ein bißchen vorzugeben, uns verbinde
mehr, viel mehr als nur ein Nachmittag. Wir wissen,
wir werden Luca nicht mehr sehen, und ich glaube, er
weiß es auch, er hat die gleichen Gedanken, jetzt, da wir
am Wagen stehen, Lisa noch nicht bereit ist einzustei-
gen, auf ihre hellblauen Sandalen starrt, den rechten
Fuß vor- und zurückzieht und eine Furche in den Boden gräbt.

Sie redet nicht, als wir ins Tal hinabfahren. Sie sitzt auf
dem Rücksitz, hat die Knie angezogen, die Arme davor
verschränkt. Wir hören auf das Knistern unter den Rei-
fen, das Knacken der Steinchen, die wegspringen und ab
und an gegen die Windschutzscheibe schlagen. Mein
Bruder läßt das Bremsen und Hupen, vor jeder Kurve.
Wir haben keine Angst mehr, daß uns jemand entgegenkommt.

Larry

Wie Larry war niemand. Er wog hundertfünfzig Kilo und war mindestens zwei Köpfe größer als wir alle. Er schrieb Gedichte, für sein Nachtgefühl. Wir hatten Larry beim Tanzen kennengelernt. In einem Club an der 15. Straße. Ione und ich tranken große Beck's aus der Flasche und tanzten mit den Armen in der Luft. Auf der Dachterrasse kühlten wir uns ab, rauchten, ließen unsere Köpfe in den Nacken fallen und starrten in den Himmel. Ich war seit ein paar Tagen in der Stadt, schlief auf einer Matte in einer Küche. Ione hatte man aus ihrem Zimmer geworfen. Larry gab uns Zeichen, winkte uns an die Bar und fragte, was wir hören wollten. Counting Crows, Mr. Jones, sagte ich. Larry zog den DJ am Hemdkragen zu sich heran und sagte etwas in sein Ohr. Als er es spielte, schob uns Larry durch die Menge zur Tanzfläche. Ione schüttelte ihr langes dunkles Haar. Ich drehte mich. Larry tanzte eine Art Flamenco. Er schloß seine Augen. Das rote Licht eines Scheinwerfers fiel auf sein Gesicht. Er bewegte sich ruhiger als andere. Langsamer.

Am Morgen schmiß man uns raus. Der Barmann drückte uns drei Beck's in die Hände, und wir sprangen die enge, steile Treppe hinunter zur Straße. Das Café gegenüber war noch geschlossen. Wir setzten uns auf die gestapelten, aneinandergeketteten Stühle. Larry schnipste seinen Joint auf das Pflaster. Ich starrte in den Qualm, auf unsere scharf umrissenen Schatten. Larry sagte, heute hat Aldous Huxley Geburtstag, ach ja, und da fällt mir ein, niemand kann wissen, wie die Farbe Rot wirklich aussieht, ohne LSD genommen zu haben. Oder? Am nächsten Tag zogen wir bei ihm ein.

Wir wohnten in Adams Morgan, in der Nähe zur 16. Straße. Im Hinterhof lief der Müll über. Im Keller sprangen Mäuse über unsere Füße. Jemand hatte Larry ein Klavier geschenkt. Es stand im Flur, und manchmal spielte er darauf. Zwei, drei Melodien, die er wiederholte. Wenige Schritte vom Haus entfernt spuckten Bettler ihr Essen aus. Vor unserem Wohnzimmerfenster parkte die fahrende Küche des Christian Home. Hin und wieder ging Larry hinunter und bat einen der Wartenden zum Essen zu uns nach Hause. Ihm war es gleich, wen er mitbrachte. Uns auch.

Oft stand Larry mit uns in der Küche. Wir kochten, und er schrieb mit Kreide auf eine Tafel Wörter, die wir lernen sollten. Es waren Wörter wie Schäbigkeit oder Kalamität oder Schürfwunde. Wir bildeten Sätze damit. Mit ihrem spanischen Akzent sagte Ione: Ich bin heute morgen die Treppe hinuntergefallen. Ich habe eine Schürfwunde. Ich sagte: Wird es bald eine Kalamität geben? Oder haben wir genügend Zeit, unsere Schäbigkeit zu verlieren? Larry lachte. Er hatte diese Art zu lachen. Diese bronchitische, von tief unten.

Larry liebte Männer. Wenn er Besuch bekam, betäubte er seine Kehle mit Halstropfen. Die Männer kamen nachts, kamen morgens, kamen mittags. Manchmal mehrere auf einmal. Ione und ich setzten uns auf die Wohnzimmercouch. Wir hörten ihren Gesprächen und Geräuschen durch den Lüftungsschacht zu. Mit lauter Stimme sagten wir nach, was wir hörten. Auch den Ton-

97

fall ahmten wir nach. Wir warteten, bis Larry den Abschied einleitete und seinen Besucher zur Tür brachte. Vom Sofa aus winkten wir dem Gast zu. Sobald er weg war, fragte Larry uns: Was glaubt ihr, ist es eine gute Zeit für eine Queen of Sheeba?

Sekunden später servierte er in der Küche Schokoladenkuchen, dazu Sambuca mit brennenden Kaffeebohnen. Dabei tanzte er um uns herum, drehte den Recorder auf, und wir grölten mit, egal was lief. Larry liebte die Carpenters, schon allein, weil die Sängerin an Magersucht gestorben war. Wir sprangen durch die Küche. Larry schnappte sich einen Suppenlöffel als Mikrophon und legte sich Iones Bettdecke aus Kunstpelz um die Schultern. Ione stellte sich auf einen Stuhl, um mit Larry auf Augenhöhe zu sein. Er hob ihre Hand. Sie drehte sich. Ihre langen dunklen Haare flogen. Wie ein Zirkusmädchen sah sie aus. Larry setzte seine Brille ab, wischte sich über die Nasenflügel. Dann hob er mich auf den Tisch. Ich sprang hinunter. Ich kletterte hinauf. Ich sprang wieder hinunter. Ione packte mich an den Schultern. Wir wirbelten umeinander. Larry klatschte. Die Nachbarin kam, um sich zu beschweren, und Larry genoß es jedesmal, sie abzuwimmeln: Sie dachten, es seien die Supremes, und jetzt sind es nur wir. Die Musik drehte er lauter. Ione und ich aßen mindestens drei Stücke Queen of Sheeba. Larry aß den Rest.

Ich hatte das Zimmer unter dem Dach. Die Andrew Vachss-Bücher, die auf dem Boden herumlagen, hatte mein Vorgänger zurückgelassen. Meine Kleider hingen über einer Stuhllehne. Von meinem Fenster aus sah ich ins Badezimmer unserer Nachbarin. Ich saß oft da und schaute ihr unbemerkt zu, wenn sie im Sonnenlicht ihre

98

Barthaare mit einer Pinzette ausriß. Wenn sie vor dem Spiegel ihre Kleider hob, ihr Haar hochhielt, ihre Lippen anmalte. Ione hatte im Stockwerk darunter ein Klappbett zwischen Küche und Flur. Daneben standen auf einem Hocker ihr Haarfärbemittel und Make-up. Mit einer Nadel hatte sie ein Foto von einem Mann mit sehr kurzen Haaren an die Wand gesteckt. Auf ihn fiel ihr Blick, wenn sie in ihrem Bett auf dem Rücken lag.

Larry lebte auf zwölf Quadratmetern Keller. Es war dunkel dort. Oft kam Larry zu mir unters Dach. Wenn ich sein Ächzen hörte, wußte ich, gleich würde er vor mir stehen, auf einem kleinen Spiegel Koks verteilen und es mit seiner alten Visa klein hacken. Dabei lachen und sagen: Hey, kannst du dir vorstellen, daß ich mal eine Kreditkarte hatte? Dreißigtausend Dollar hatte er in Rekordzeit verpokert. Dann hatte man seine Karte gesperrt. Larry zog das Koks durch einen Geldschein und sagte, Vachss ist übrigens ein Idiot. Wir stiegen hinunter zu Ione. Wir störten uns nicht daran, wenn sie allein sein wollte. Wir setzten uns auf ihr Klappbett, und Larry nahm ihr das Buch weg, in dem sie las. Es ist Zeit für Questions and Answers, sagte Larry. Wenn ich jemanden sehe, der etwas erlebt, erlebe ich es dann auch? Larry wiederholte die Frage so lange, bis wir keine Antworten mehr wußten und Ione eingeschlafen war. Dann ließen Larry und ich uns vom Bett auf den Boden gleiten, dorthin, wo Ione ihre Zigarren versteckt hielt, und rauchten eine.

Wenn Larry unter der Dusche stand, durften wir das Bad trotzdem benutzen. Ione färbte sich die Haare. Ich zupfte meine Augenbrauen. Larry erzählte Geschichten. Er schob den Duschvorhang zur Seite und fragte:

Wie soll sie heißen? Wir wünschten uns Geschichten, die Damals oder Gestern oder Früher hießen. Larry ließ genau das aus. Wir wußten so gut wie nichts von ihm. Das mit den dreißigtausend Dollar. Daß er in Iowa studiert hatte. Daß er in der Kongreßbibliothek arbeitete. Daß er dort Hörkassetten für Blinde aufnahm. Das wußten wir sogar ziemlich sicher. Hin und wieder hatte er Ione einen Job vermittelt. Sie las Kochrezepte und Gymnastikanleitungen auf Spanisch. Für zehn Dollar die Stunde. Stockte Larry bei seiner Geschichte, gaben wir ihm Stichworte. Das geschah selten. Meist redete er in einem fort. Selbst wenn kein Wasser mehr aus der Dusche kam, blieb er stehen und erzählte weiter. Ione setzte sich auf den Toilettendeckel, die rote Farbe rann an ihren Schläfen herab, über ihren Hals und tränkte ihren K-Mart-Bademantel. Ich merkte erst später, wie sehr ich mich am Waschbeckenrand festgeklammert hatte. Meine Finger schmerzten. Oft verstanden wir gar nicht, was Larry sagte. Aber etwas war mit seiner Stimme. Es war etwas, das mich an früher erinnerte.

Wir hatten wenig Geld. Ione lieh welches von mir, und ich lieh es von Larry. Larry streunte mit uns durch Kaufhäuser. Bei Nordstrom steckte er Lippenstifte für uns ein. Manchmal sogar Zigarren für Ione. Wir gingen in Alles-für-einen-Dollar-Läden, kauften Bürsten und Zeug. Manchmal hatte Larry Lebensmittelgutscheine. Wie er sie besorgte, wußte ich nicht. Ione glaubte, daß er jemanden beim Sozialamt kannte. Zwanzig, dreißig Dollar konnten wir dann ausgeben. Larry schickte uns mit Einkaufswagen los, und jeder durfte für ein Drittel des Geldes einpacken, was er wollte. Ich legte Marshmellows in den Wagen. Larry kam mit Tiefkühlpizza zurück. Ione nahm Instant-Cappuccino mit

Orangenaroma. Im Sommer, an besonders heißen Tagen, fuhren wir stundenlang mit dem Bus, weil es angenehm kühl darin war. Wir fuhren stadtauswärts, dann wieder stadteinwärts. An verlassenen Ecken stiegen wir aus und blickten auf Straßenzüge, die mir angst machten. Es gab viele davon. Mit räderlosen Autos am Straßenrand. Vergitterten Liquor Stores. Zertretenen Bierdosen auf dem Bürgersteig.

Wir feierten zusammen Weihnachten. Larry kochte und backte. Seit Stunden. Über seinen Bauch hatte er eine Schürze gebunden, auf der stand: R U sure? Im lokalen Radiosender spielte man Schnulzen. Larry summte bei allen mit. Santa Claus wurde interviewt, der Damenchor einer baptistischen Gemeinde. Larry knetete Teig und hörte auf jedes Wort. Zwischendurch liefen Frank Sinatra und Nat King Cole. Larry kannte alle Texte. Have yourself a merry little Christmas, let your heart be li-i-i-i-gh-t, sang er, und Ione und ich wunderten uns, daß man mit Larry Weihnachten feiern konnte. Wir schmückten das Haus. Über die Hausbar, einem umgelegten Stück Schrank, hängten wir eine Lichterkette, die wir besorgt hatten. Sie war pink und blinkte und hatte nur einen Dollar gekostet. Ione schnitt aus alten Zeitungen kleine Weihnachtsengel aus. Ich sammelte alle Kerzen im Haus und stellte sie ins Fenster. Larry steckte brennende Fackeln neben die Treppe, die zur Haustür führte. Er stieg die Stufen hoch, blieb stehen und fragte: Warum vergißt man das im Sommer? Daß man nichts mehr weiß vom Winter – warum ist das so? Ione filmte uns mit ihrer kleinen Kamera. Beim Tischdecken, beim Singen, beim Essen, bis Larry sagte: Hör auf damit.

Als es später anfing zu schneien, liefen wir lange durch die stille weiße Stadt. Wir gingen zu den Jungs vom Xing-Cuba, um ihnen frohe Weihnachten zu wünschen. Sie hatten die Tür geschlossen und die Läden heruntergelassen. Wir trommelten dagegen. Larry johlte. Vidi Vidal öffnete, umarmte uns, zog uns hinein und schloß die Tür wieder. Kellner, Küchenhilfen und Barjungs saßen an einer großen Tafel. Man hatte die Tische zusammengestellt. Kerzen brannten. Jemand spielte Klavier. Vidi Vidal gab uns etwas zu trinken. Larry stellte sich am Kopfende des Tisches auf und fing an zu singen. Es war ihm gleich, ob die anderen das wollten. Er sang, so laut er konnte. Weihnachtslieder, Popsongs, alles, was ihm einfiel. Sogar ein gepreßtes Ave Maria. Man rief ihm Liederwünsche zu. Clark warf Tischblumen nach ihm, schickte Küsse durch die Luft. Einige standen auf und tanzten. Clark nahm meine Hand und tanzte mit mir eine Art Walzer. Eine Art langsamen Walzer. Er legte seine Wange an meine und fragte mich, ob ich es für möglich hielt, ihn im nächsten Jahr zu küssen. Ja, sagte ich, ich halte es für möglich.

Auf dem Rückweg summte Larry leise vor sich hin. Ione und ich hakten uns bei ihm unter. Wir blieben in Vorgärten stehen und schauten in Wohnzimmer. Wir sahen dabei zu, wie Menschen ihre Gläser füllten. Wie sie zusammensaßen. Wir waren dicht aneinander gedrängt. Wir rührten uns nicht. Keiner bemerkte uns. Larry flüsterte: Manchmal schneit Washington ganz ein. Durch Georgetown liefen wir zum Fluß. Wir schauten in dunkle Läden, gingen vorbei an verriegelten Kneipen. Auf dem Wasser schwammen Eisblöcke. Larry hatte aus dem Xing-Cuba drei Gläser und eine Flasche Tequila mitgenommen. Er schenkte randvoll ein. Der Tequila lief über unsere Handschuhe. Ione leckte betrunken über das Wildleder. Bei jeder Runde sprachen wir einen Wunsch aus und tranken die Gläser in einem Zug leer. Ione und ich wünschten uns Geld, Gesundheit, eine Ausstellung, einen Filmvertrag. Larry wünschte sich einen frühen Tod. Ich, Larry Hill, an Nachmittagen, mit Kaffee ohne Koffein?

Ione lief hinunter zum Wasser, hob Steine auf und warf sie, so weit sie konnte. Es schien das einzige Geräusch zu sein. In den Fluß fallende Steine. Von Zeit zu Zeit fuhr ein Auto oben auf der Straße. Dann fiel etwas Licht auf Larrys Gesicht, und ich konnte seine Augen besser sehen. Ione kletterte hoch zu uns. In ihren Händen hielt sie drei kleine Steine, die sie vor uns in den Schnee fallen ließ. Wir schauten eine Weile schweigend auf die drei dunklen Steine. Dann liefen wir zur Mall, zu der kleinen Eislaufbahn, die man dort vor ein paar Wochen aufgestellt hatte. Wir kletterten über den Bretterzaun. Schlitterten. Rutschten. Ione streckte beide Arme zur Seite, lief ein paar unbeholfene Schritte, fiel hin und blieb liegen. Sie lachte laut, und ich konnte sehen, wie ihr Atem weiß durch die Luft wirbelte. Larry stieß sich vom Bretterzaun ab und versuchte, sich zu drehen. Er sah aus wie ein Bär. Wie ein tanzender Bär. Er lachte sein bronchitisches Lachen, stolperte zum anderen Ende der Bahn und blieb dort stehen. Über ihm blinkte ein Merry Christmas-Schriftzug, bei dem das C und das T ausgefallen waren. Er rief uns zu, daß er jemanden gekannt habe, der beim Schlittschuhlaufen alle Finger verloren hatte. Zu Schulzeiten, ein Mädchen, ja, Claire oder so, vielleicht Helen, gar nicht häßlich, aber nach diesem Unfall, na ja, ihr wißt schon, ohne Finger, was aus ihr geworden ist – keine Ahnung. Ione nahm meine Hand. Wir tanzten und rutschten eng umschlungen zur anderen Seite. Ione drückte mich fest und legte ihre eisige Wange an meine. Ich glaubte, ihr Herzklopfen zu spüren. Larry tat feierlich und überreichte mir ein kleines rotes Päckchen mit weißer Schleife. Darin lag das Lincoln-Memorial als Schlüsselanhänger. Ione schlug er vor, ihn zu heiraten. Sie jubelte. Sie sagte, wir kriegen einen Kühlschrank, wir kriegen eine Waschmaschine. Wir feierten Weihnachten. Wir feierten Larrys Heiratsantrag. Wir feierten den neuen Kühlschrank. Wir rutschten übers Eis. Ich hielt meinen Schlüsselanhänger in der Hand.

Larry gab Poet's Parties. Einmal im Monat. Dazu lud er alle ein, die irgendwann irgend etwas geschrieben hatten und tagsüber als Zeitungsträger oder Hostessen arbeiteten. Frauen mit kupferfarbenen Haaren. Männer mit dicken Brillen. Und die Kokser aus dem Xing-Cuba. Clark mochte ich am liebsten. Er war aus New York und schrieb unlesbares Zeug. Mir hatte er erklärt, er sei bei Nietzsche hängengeblieben und komme nicht weiter. Wenn er lachte, sah es aus, als habe er Schmerzen. Die ganze Nacht saß er auf der Treppe und ließ Koks herumgehen. Er reichte mir den Spiegel, jedesmal wenn ich vorbeikam. Jemand legte Bob Dylan auf. Hunde sprangen durch die Küche und leckten Pizzareste vom Boden. Ione lief mit ihrer Kamera herum und filmte. Ich stand hinter der Hausbar und schenkte braunen Tequila aus. Ich hatte geraucht und lachte über alles. Über meinem Kopf zeigte Vidi Vidal seine Videos. Er hing an Ketten. Er befreite sich im Wasserbassin von Fesseln. Er suhlte sich in Tierblut. Larry liebte diese Videos.

Waren alle gegangen, setzten Ione, Larry und ich uns auf die Terrasse. Bei jedem Wetter, zu jeder Jahreszeit. Larry holte eine Runde Sambuca und trug sein neuestes Gedicht vor. Dabei stand er vor uns und schaute nach unten. Seine Stimme klang anders als sonst. So, als wäre in unserer Nähe etwas weggerissen worden, als habe Larry etwas erschreckt. Seine Gedichte waren zu schwierig für uns. Wir verstanden Worte wie Rose und samten. Sogar Schläfenbein. Aber was war eine Schlafprobe? Wir warteten, bis der erste Fremde an unserem Haus vorbei zum Bus lief. Wir schauten ihm nach. Erst dann gingen wir schlafen. Larry brüllte über den Hausflur: Night, girls! Sein neuestes Gedicht hatte er mir in die Hand gedrückt. Ione und ich deuteten und rätselten während der nächsten Tage. Wir beschäftigten uns damit so lange, daß wir es auswendig konnten. Ohne es zu verstehen.

Es gab kaum Tage, an denen wir uns nicht sahen. Im Winter fuhren wir ins Museum. Am liebsten, wenn es regnete. Larry ging hinunter zur Straße, rief ein Taxi und winkte uns. An jeder Wagentür stand in dicker Schrift No smoking, please. Larry fragte, ob er rauchen dürfe. Nein, sagte der Fahrer. Wirklich nicht? Der Fahrer schüttelte den Kopf, und Larry ließ bereits die kalte Luft durchs Fenster hinein und zündete eine Zigarette an. Wir fuhren zur National Gallery. Larry durchlief die Räume wie jemand, der in Eile ist. Wir rieten die Titel der Bilder. Wer näher dran war, hatte gewonnen. Ione und Larry stritten sich, ob Küche näher war an Haus als Wohnzimmer. Oder Fluß näher an Wasser als Meer. Wir sammelten Punkte. Der Verlierer bezahlte die Rechnung in der Cafeteria. Drei Cherry Coke mit Eis in roten Pappbechern. Wir stießen an und sagten: America, we love you. Larry meinte es ironisch. Bei

Ione und mir war ich mir nicht mehr sicher. Ione hatte das R in Amerrrica so gerollt. Und vor ein paar Tagen hatten wir auf Go West von den Pet Shop Boys getanzt wie Wahnsinnige. Larry lachte sein bronchitisches Lachen. Er sagte, wir seien das Beste, was ihm passiert sei. Er saß neben mir. Er roch nach Baby. Zum ersten Mal fiel mir das auf.

Wenn Larry in Stimmung war, ließen wir den Tag mit unserer Show & Tell-Variante ausklingen. Larry spielte den Kapitän. Im Haus entdeckte er geheime Dachluken und Aufgänge für uns. Wir folgten ihm über herabgelassene Treppchen, die unter seinem Gewicht krachten und zitterten. Ich wollte euch den Himmel von hier aus zeigen, sagte er dann und öffnete ein kleines Fenster, durch das wir unsere Köpfe steckten. Gerade so.

Hin und wieder lieh sich Larry den alten Ford eines Kollegen. Beim Frühstück fuchtelte er mit dem Schlüssel vor unseren Augen herum, holte unsere Mäntel, schüttete den Rest Kaffee in Plastikbecher und zeigte uns dann ihre Halterung im Auto. Er fuhr uns nach Baltimore. Ione und ich saßen auf dem Rücksitz, tranken Kaffee, steckten unsere Becher in die Halterung und nahmen sie wieder heraus. Laut zählten wir die Shopping-Malls. Es waren einundzwanzig. In Baltimore nahmen wir das Wasser-Taxi, fuhren vorbei an alten Werften und Lagerhallen. Wir waren die einzigen, die im Freien saßen. Mit unserem kalten Atem versuchten wir, Worte in die Luft zu schreiben. Larry warf Brotkrumen aufs Wasser. Ein paar Möwen zankten sich. Wir stiegen dort aus, wo sonst niemand ausstieg. Man schaute uns nach. Larry winkte. Wir zogen durch verlassene Hafengegenden, und Larry erfand Geschichten für uns. Von

polnischen Einwanderern. Von großen Schiffen. Baltimore roch nach Rost. Nach Fisch. Nach Wasser.

Auf der Fahrt zurück hörten wir 10 000 Maniacs. Bei
unseren Lieblingsstellen grölten wir mit. Hey, Jack Ke-
rou-a-a-ac, I think of your mo-o-o-th-ee-e-r!, schrie
Larry. Und Ione und ich brüllten zurück: Allen,
B-a-b-y-y-y, why so j-ea-lou-ou-s? Dabei starrten wir
in das Scheinwerferlicht. Es regnete heftig. Larry wollte
nicht weiterfahren. Wir hielten an einer Raststätte und
setzten uns an einen kleinen Tisch am Fenster. Die Kellnerin schaute über den Rand ihrer Brille, gab uns lange
Empfehlungen und schrieb alles auf einen dicken Block.
Für unsere letzten Dollar bestellten wir Hamburger.
Aus unseren Jackentaschen holten wir altes Obst. Niemanden störte das. Ione knetete ihre nassen Haare. Larry breitete seinen durchweichten Mantel auf der Heizung aus. Und ich, ich hatte das Gefühl zu wissen, wie
die Farbe Rot aussieht.

Irgendwann brachte Larry Tim mit. Ich glaube, es war
im Frühling. Tims Haar sah aus, als habe es keine Farbe,
und durch seine Haut glaubte ich, hindurchsehen zu
können. Er hatte keine Hände, sondern Händchen. Neben Larry sah er aus wie jemand aus dem Varieté. Wie
jemand, den man in die Luft wirft und auffängt. Das ist
Tim, sagte Larry, und seine Stimme klang so, wie sie
vorher nie geklungen hatte. Ione legte ihr Buch beiseite
und ich meine Zeichnungen. Tim kam auf uns zu. Er
gab uns beiden die Hand und sagte jedes Mal, Timothy,
hallo, nett, dich kennenzulernen. Larry stand im Türrahmen und schaute uns zu. Ich wußte, wir würden
Tim nicht mehr loswerden.

Tim kaufte eine Tagesdecke für das Sofa und stellte Schnittblumen auf den Fernseher. Tim machte keine Geräusche. Man hörte ihn nicht, wenn er im Bad verschwand. Man hörte ihn nicht, wenn er in Larrys Zimmer war. Man hörte kaum, wenn er etwas sagte. Tim sammelte Artikel über Marilyn Monroe. Er hatte mehrere Alben, mit denen er uns langweilte. Tage verbrachte er damit, Zeitungen durchzusehen, Berichte auszuschneiden und sie einzukleben. Abends saß Tim auf unserem Sofa und blätterte schweigend durch seine Sammlung. Er kam aus New Orleans. Jemand, der so wenig aufregend war, konnte aus New Orleans sein. Das war neu für mich.

Wenn ich frühmorgens aufstand, saß Tim schon in der Küche, sah durch meine Zeichnungen und sagte entschuldigend, oh, ich hoffe, es stört dich nicht. Es störte mich. Tim hatte für alle Iones Instant-Cappuccino gemacht. Er setzte voraus, daß wir das wollten. Larry war aufgestanden. Ich hörte ihn die Treppe hochsteigen. Er blieb im Türrahmen stehen, streckte seine mächtigen Arme und gähnte laut. Er trug seinen blauen Bademantel und sah aus wie ein Boxer. Ein Boxer mit Brille. Er lächelte. Die Welt gehörte ihm. Und Tim. Tim gehörte ihm auch.

Tim räumte die Küche auf, wenn Larry gekocht hatte. Er kaufte für uns ein. Er wischte den Boden. Tim hatte Geld. Sein Vater überwies ihm monatlich einen größeren Betrag. Ione glaubte, daß sie eine Abmachung getroffen hatten. Sein Vater zahlt, und Tim kommt nicht mehr nach Hause, erklärte sie. Hin und wieder rief jemand an, der seinen Namen nicht nannte. Ich war mir sicher, daß es Tims Vater war. Tim sprach dann noch

ruhiger als sonst. So, als müsse er etwas verheimlichen.
Man kann nicht sagen, daß wir Tim nicht mochten. Er
hatte etwas Rührendes. Wir wollten nur, daß er wieder
ging.

Tim blieb. Er verließ das Haus nur selten. Uns begleite-
te er so gut wie nie. Larry schien das nicht zu stören.
Ione und ich liebten diese Momente. Wir nannten sie
heimlich Timfree moments, wie eine Auswahl feiner
Pralinen. Wir zogen durch die Stadt, so wie wir es früher getan hatten. Wir liefen zu den Jungs vom Xing-Cuba, und ich wunderte mich, daß sie uns nicht fragten,
was mit Larry los sei. Mir schien es, als habe er etwas
verloren. Clark kam aus der Küche und stellte sich zu
uns an die Bar. Er hatte Austern aufgebrochen. Seine
Schürze war schmutzig. An seinen Händen hatte er kleine Verletzungen. Ich sagte ihm, er müsse Schutzhand-
schuhe tragen. Vor Wochen hatte ich Clark gezeichnet.
Er hatte auf unserer Veranda in der Sonne gesessen. Ich
wußte, er hatte meine Zeichnung in die Küche des
Xing-Cuba gehängt. Über seine Austerntheke. Clark
rauchte eine mit uns und legte seine Arme um unsere
Schultern. Er sagte, er sei glücklich, nicht mehr in New
York leben zu müssen. Hier könne man von jeder Straße aus den Himmel sehen.

Larry bekam seine Drogen. Auch für Ione und mich
fiel etwas ab. Wir schlenderten M-Street entlang, kick-
ten mit leeren Dosen. Larry trug seinen hellen Wildledermantel und die schwarze Wollmütze. Er sah so aus,
daß uns die Leute anschauten. Hin und wieder machten
wir Halt auf einer Parkbank. Larry ließ sich ächzend
nieder, kramte sein Notizbuch hervor, schaute Ione
und mich lange an und schrieb dann etwas auf. Irgend-

wann würde es in einem seiner Gedichte auftauchen. Als es dunkel wurde, kauften wir den New Yorker und gingen am Dupont Circle ins Afterwords. Larry bestellte drei Caffè Latte für uns, schlug den New Yorker auf und las die Kurzgeschichte laut vor. Ione leckte den Schaum vom Löffel und fragte nach, wenn sie etwas nicht verstand. Larry fand andere Worte. Er bildete Sätze mit dem neuen Wort. Wenn Ione noch nicht begriffen hatte, immer einfachere. Die Timfree moments wurden seltener. Und auch wenn es sie gab, war Tim irgendwie da.

Ich begriff nicht, was Larry an Tim so begeisterte. Mir wurde von Tims Bewunderung übel. Von seinen großen Augen, mit denen er uns anschaute. Auf Larrys Partys wirkte er verloren. Er kannte keinen Schmerz, keine Liebe auf Küchenböden. Die Jungs vom Xing-Cuba verstörten ihn. Wenn sie zu uns kamen, zog Tim sich zurück. Wenn wir tanzten und sangen, saß er auf dem Sofa und schaute uns zu. Dabei lächelte er wie ein wohlerzogener Junge. Er ist so ungeleckt, sagte Ione. Ich war mir nicht sicher, ob sie das richtige Wort gefunden hatte. Aber ich wiederholte: Ja, ungeleckt.

Ich kam mit Clark zusammen, und Ione drehte Filme, für die sie kein Geld bekam. Nachts saß ich mit ihr in der Küche. Wir lasen die Sätze, die Larry an die Tafel geschrieben hatte. Es waren Sätze wie: Die Welt besteht aus zwei Monden, die sich umeinander drehen, oder Warum ausgerechnet an diesem Abend? Auch ich hätte das gerne gewußt. Ione fragte mich bis zum Morgen: Warum ausgerechnet an diesem Abend? Ich antwortete: Auch ich hätte das gerne gewußt.

Ich fuhr zu Freunden nach New York und nahm den
Bus vom Bahnhof aus. Es war noch etwas Zeit. Ich
streunte durch die Bahnhofshalle, ging durch Läden, stö-
berte in Comics, lief an Gleisen entlang, schaute auf Ta-
feln mit Ortsnamen und Abfahrtszeiten. Es war kalt.
Menschen warteten auf ihren Zug, rieben sich die Hände, hauchten ihren warmen Atem in die Luft. Ich stellte
mich in die Menge und vertiefte mich in ein Buch. Wenig später merkte ich, wie man einander zuraunte. Ich
schaute auf. Mein Blick fiel auf Larry und Tim. Sie standen auf dem Bahnsteig gegenüber. Ich wollte Larry etwas zurufen, senkte aber schnell meine Stimme.

Larry brüllte und lief um Tim herum. Er legte seine
Hand auf Tims Schulter, und Tim schüttelte sie ab und
sah auf seine Jacke, als sei sie davon schmutzig geworden. Er kehrte Larry den Rücken zu und ging den
Bahnsteig hinab, mit drei, vier schnellen, dann drei,
vier langsamen Schritten, als wollte er Larry so aus-
bremsen, als könnte er ihn so loswerden. Larry lief an
ihm vorbei, stellte sich vor ihn, bewegte seine großen
Hände, und Tim schaute an ihm vorbei, als könnte er
ihn nicht sehen, als gäbe es ihn gar nicht. Der Zug fuhr
ein. Larry griff nach zwei großen Taschen, und als Tim
die Zugtür öffnete, schleuderte er sie zu Boden. Er
schrie. Ich hörte Wortfetzen. Reisende, die am Bahnsteig warteten, wendeten sich ab, gingen ein paar Meter
zur Seite und drehten sich wieder um. Ein bißchen sah
es aus, als wollten sie die beiden einkreisen. Larry lief
zum nächsten Waggon und ließ Tim allein stehen. Er
sah nicht mehr aus wie ein tanzender Bär. Nicht mal
mehr wie ein Bär.

Ich rief Ione von New York aus an und erzählte ihr, was geschehen war. Ich fragte, ob Larry da sei, wie es ihm gehe. Nein, er ist nicht da, seit ein paar Tagen nicht. Beide sind nicht da. Sie sind bestimmt weggefahren. Larry ist nie mit diesem Zug gefahren. Niemals, erwiderte ich. Warum hast du ihn nicht gerufen?, fragte Ione. Ich machte eine Pause. Was hätte ich sagen sollen? Ione sagte müde: Na und? Er hat gebrüllt. Was hat das zu bedeuten? Er hat ihn eine Schlampe genannt? Bitteschön. Vielleicht ist er eine. Ich dachte an die Welt, die aus zwei Monden besteht. Ja, vielleicht. Ich verstummte. Nach einer Weile fragte Ione laut: Was weißt du über Tim? Es klang wie ein Vorwurf. Ich brüllte zurück: Was weißt du schon über Larry?

Ich kehrte früher als geplant aus New York zurück. An einem Sonntag, einem für Washington typischen Sonntag. Ohne Feueralarm. Ohne Sirenen. Ohne Stimmen, die von der Straße hochdringen. Abends regnete es leicht. Der Mond hielt sich versteckt. Clark kam zu mir unters Dach. Vom Bett aus schauten wir in den dunklen Himmel und rauchten Joints. Ione war bei Dreharbeiten an der Küste. Larry war immer noch nicht zurück. Clark schlief neben mir ein. Seine Hand lag auf meinem Bauch, sein Kopf an meiner Schulter. Mir war schwindlig vom Rauchen, schwindlig vor Angst. Ich hörte auf Geräusche und starrte hinaus in die Dunkelheit. Ich wünschte, unten würde die Tür ins Schloß fallen.

Nach zwei Wochen rief ich die Polizei an. Dem Officer erklärte ich, daß mein Mitbewohner seit längerem nicht hier gewesen sei, daß ich mir Sorgen mache. Der Officer tat gelangweilt. Ob ich eine andere Adresse von ihm habe? Von Freunden? Von seiner Familie? Hatte ich nicht. Nicht einmal den Namen eines Kollegen? Nein. Was hätte ich sagen sollen? Daß wir seit über einem Jahr zusammenwohnten, aber diese Dinge nicht voneinander wußten? Wann und wo ich Larry zum letzten Mal gesehen hätte? Ich erzählte es ihm. Er lachte und nannte mich Missie. Ich solle mich beruhigen, es nicht übertreiben. Er sagte etwas von TV-Dinner und Köpfen, die danach in den Gasherd gesteckt werden. Von einem Blick, einem falschen Blick, der manchmal schon ausreiche. Ich legte auf.

Irgendwann kehrte Larry zurück. Tief in der Nacht hörte ich, wie jemand die Tür aufschloß. Ione schlief neben mir. Ich faßte sie am Arm. Larry ist zurück, sagte ich. Sie öffnete nicht einmal die Augen. Gut, hauchte sie und schlief weiter. Ich hörte, daß Larry allein war. Er blieb eine Weile in der Küche, und ich schlüpfte die Treppe hinunter. Von der letzten Stufe aus sah ich ihn. Er saß auf einem Stuhl, unter dem Licht der Neonlampe, die Beine übereinandergeschlagen. Er trug seinen Wildledermantel und stieß langsam Rauch aus seiner Nase. Ich wagte nicht, etwas zu sagen. Larry saß regungslos da, und ich blieb stehen, nur, um ihn anzuschauen. Er sah mich nicht. Ich weiß nicht, wie lange ich dort stand, wie lange Larry dort saß, im Neonlicht. Irgendwann drehte ich mich um und stieg die Stufen hinauf. Ich wußte, Larry hatte mich bemerkt.

Ione hatte am Morgen für uns Frühstück gemacht. Larry saß schon in der Küche. Er trug seinen blauen Bademantel. Ich küßte ihn auf die Wange. Ione erzählte von Dreharbeiten, vom Dauerregen an der Küste und schäumte dabei Milch auf. Ich setzte mich Larry gegenüber und fragte: Wo warst du? Was ist los? Larry blieb still, schaute nicht auf, um mich anzusehen, und Ione fuchtelte hinter seinem Rücken mit ihren Händen. Ich sollte den Mund halten. Larry sagte kaum etwas. Einmal schaute er mich an. Irgend etwas war falsch daran. Ich dachte an den Officer.

Meistens saß Larry in diesen Tagen auf dem Sofa vor dem Fernseher. Manchmal hörte ich ihn nachts. Er stand unter der Dusche und ließ lange Wasser auf sich laufen. Dann setzte er sich auf die kleine Treppe, die zu meinem Zimmer führte, und ließ das Wasser aus seinem nassen Haar auf die Dielen tropfen. Ich konnte es hören. Pitsch. Patsch. Die Vormittage verbrachte Larry in der Küche. Jeden Morgen schluckte er vor meinen Augen eine Handvoll Tabletten mit schwarzem Kaffee. Ich habe aufgehört, Instant-Cappuccino zu trinken, erklärte er. Am liebsten hätte ich gesagt, du hast mit allem aufgehört, Larry, mit allem. Aber ich erwiderte nur: Ja, ich sehe es. Larry lächelte. Ich faßte Mut und fragte: Larry, was ist mit Tim? Tim wer?, sagte Larry.

Ione lieh sich einen Wagen, und wir fuhren mit Larry ziellos Richtung Westen. Ione legte die Carpenters auf, und Larry sang leise mit. Ich saß neben ihm und starrte aus dem Fenster. Vor Tagen hatte es geschneit. Am Straßenrand lagen jetzt die grauen Reste. Ione bog von der Hauptstraße ab und hielt in einer Neubausiedlung. Mit Wegen aus Matsch und abgesteckten Gärten. Wir sprangen aus dem Wagen. Ein kleiner Hund lief uns entgegen. Larry streichelte ihn lange. Ein Mädchen kam und nahm den Hund schimpfend an die Leine. Wir liefen ein Stück den Weg hinunter und blieben an einer Kreuzung stehen. Ione filmte uns mit ihrer kleinen Kamera.

Neben uns hielt ein roter Pick-up mit vielen Aufklebern. Im Wagen saß ein junges Paar. Die Frau kurbelte das Fenster hinunter und sagte: Suchen sie jemanden? Es ist nicht gerade leicht, sich hier zurechtzufinden. Naja, irgendwie sieht alles gleich aus, oder? Sie lachte. Danke, nein, wir wollen uns nur umschauen, antwortete Ione. Ziehen Sie hier ein?, fragte der Mann am Steuer. Ja, vielleicht, sagte ich. Beide musterten mich. Larry schaltete sich ein: Wissen sie, eigentlich suchen wir einen Tim. Ich konnte nicht glauben, daß er das sagte.

Einen Tim, ja?, hakte die Frau nach. Sie drehte sich zu ihrem Mann und fragte: Kennst du einen Tim? Nein, ich kenne keinen, nein, keinen Tim, also, nicht in unserer Straße. Soweit ich weiß, gibt es da keinen. Aber, warte mal, laß mich überlegen, neben Mancinis wohnt doch dieser ... Nein, nein, das ist kein Tim. Ganz sicher nicht, unterbrach die Frau ihn. Also ein Tim, ja?, fragte der Mann ungläubig. Ja, natürlich, ein Tim, sagte Larry. Ja, natürlich, ein Tim, wiederholte die Frau. Also, es tut mir leid, daß wir ihnen nicht helfen können. Eigentlich kennen wir alle, die hier wohnen. Wissen sie, wir wohnen schon eine Weile hier. Naja, aber ein Tim ... Es tut uns wirklich leid. Sie preßte ihre Lippen zusammen. Larry hörte ihnen aufmerksam zu. Mir versetzte es Stiche, jedesmal, wenn sie diesen Namen sagten. Aber er muß hier wohnen, bestand Larry, und Ione richtete die Kamera auf ihn. Tim, Tim, Tim, sagte der Mann, so als müsse er sich jemanden ins Gedächtnis rufen, und starrte auf Larry, ich kenne einen Tim. Der ist vor kurzem hierhergezogen. Da vorne. Er hob sein Kinn und machte eine Bewegung zum Ende der Straße. Ich ging dazwischen. Er ist sehr klein. Und sehr blaß. Und er liebt Marilyn Monroe, sagte ich so ungehalten, daß mich die

beiden entsetzt anschauten. Stimmt, sagte Larry leise.
Klein und blaß. Klein und blaß. Ich weiß nicht mehr,
wie oft er es wiederholte.

Wenn Larry unten auf dem Sofa saß, holte ich Decken,
die ich um seine Schultern legte, um ihn zu wärmen.
Ich kochte Kaffee, wann immer er Lust darauf hatte.
Ione fragte ihn nach dem Queen of Sheeba-Rezept, um
für ihn zu backen. Larry hatte das Sprechen aufgegeben.
Wenn jemand für ihn anrief, schüttelte er den Kopf.
Manchmal stand er auf der Terrasse und brüllte Leute
an, die vorbeigingen. Zur Beruhigung stieg ich unters
Dach und hörte Doris Day. Hin und wieder ging Larry
mit uns ins Museum. Aber wir spielten nicht mehr. In
der Cafeteria bestellten wir drei Cherry Coke im Pappbecher und stießen an. Auf was, weiß ich nicht mehr. Es
fing an, mir auf die Nerven zu gehen. Wie Larry da saß
und sich nicht regte. Wie er keine Musik mehr hörte.
Wie er schweigend kokste. Wie er mich anschaute,
wenn ich ihm etwas erzählte.

Larry verließ uns im Frühling. Ich erinnere mich genau.
An den Tag, das Wetter, die Schlagzeilen in der Zeitung.
Ich saß auf der Terrasse, zog zum ersten Mal in diesem
Jahr Schuhe und Strümpfe aus und legte meine nackten
Füße auf Iones Schenkel. Ione rauchte Zigarre und trug
ihre dicke schwarze Sonnenbrille. Ich zeichnete ihr Gesicht auf ein Stück Karton. Ione stieß Rauch aus und
sagte beiläufig: Ich glaube, Larry ist weg. Ich sah nicht
hoch. Was meinst du mit: Larry ist weg?, fragte ich. Ich
habe ihn heute morgen nicht gehört. Er ist nicht da, erklärte Ione. Ich schaute von meiner Zeichnung auf.
Nicht da? Ja. Der Fernseher ist auch weg. Er hat ihn mitgenommen. Ich stand auf und schaute durch das Fenster

ins Wohnzimmer. Du meinst also: richtig weg?, fragte
ich noch einmal, und ich konnte hören, wie meine Stimme dabei zitterte.

Wir stiegen die Treppe zum Keller hinunter. Zum ersten Mal betraten wir Larrys Zimmer. Eine schmale Matratze lag auf dem Boden, daneben waren leere Flaschen
und Bierdosen verstreut, Aschenbecher und Kippen.
Das einzige Regal war so gut wie leer. Ein paar alte Comics hatte Larry dagelassen und ein Buch über Robert
Frank. Ansonsten Müll. Zerknülltes Papier, alte Wäsche und eine Probepackung West Light. An der Wand
hing ein Plakat aus der Phillips-Collection. Darauf hatte jemand geschrieben: Und Worte? Ione entdeckte Larrys Brief. Hallo, girls, ich bin weg, und Ihr habt es bemerkt. Wie lange hat es gedauert?, stand dort in Larrys
großer Schrift. Er verabschiedete sich. Über Seiten. Er
habe festgestellt, schrieb er, daß der Blick auf eine brennende Kerze im Spiegel nicht schmerze. Oder so ähnlich. Er schrieb, er werde die Kokainrunden und die Sin-
gerei vermissen. Und uns.

Tim sah ich noch einmal. Ich traf ihn zufällig am Dupont Circle, und wir gingen auf einen Caffè Latte ins
Afterwords. Ich kann nicht sagen, daß ich mich gefreut
hätte, ihn zu sehen. Ich tat auch nicht so. Larry war
nicht mehr da. Und hier saß Tim. Blasser, kleiner Tim.
Was hätte ich mit ihm reden sollen? Er bezahlte meinen
Kaffee, und ich hatte nicht ein einziges Mal daran gedacht, ihn nach Larry zu fragen. Nach dem Zug. Nach
den zwei Monden.

Den Schlüsselanhänger von Larry trage ich immer noch
bei mir. Nur so. Ohne Schlüssel. Hin und wieder greife

ich danach. Um sicher zu sein, daß er noch da ist. Ione hatte noch einmal von Larry gehört. Daß er bei Freunden in Annapolis lebe. Daß er im Keller ein kleines Zimmer habe. Daß sie keine Miete von ihm verlangten. Ich habe Larry nie wieder gesehen.

Weihnachtswald

Sie will Sylvie vom Flughafen abholen, morgens, kurz
vor sieben, Ortszeit. Sie findet es komisch, zu sagen:
Ortszeit, und Sylvie lacht ein bißchen am Telefon, um
ihr einen Gefallen zu tun. An diese Flughafentüren muß
sie denken, daran, wie sie auseinandergleiten, sich langsam öffnen, mit diesem Geräusch, das keines ist, an Anzeigetafeln, an das blaßgelbe Licht über einem grauen
Noppenboden, der die Stimmen, die Ansagen aus den
Lautsprechern, hin und her jagt, hinauf und wieder hinab, zur Rolltreppe, die man nimmt, bevor man hinter grünen Türen in einen Wagen steigt, um sich wenig später in
einem Netz aus Straßen und Brücken zu verlieren. Und
an diesen Geruch denkt sie, diesen Flughafengeruch, den
es nur hier gibt. Auf anderen Flughäfen riecht es anders.

Sylvie landet am vierundzwanzigsten. Sie hat keinen anderen Flug buchen können, hat zu lange gezögert, zu
lange gewartet, weil sie nicht wußte, ob sie überhaupt
fliegen oder weiter auf ihrem Bett liegen soll, um nicht
hinaus zu müssen, in die Kälte, zu Maronenbuden und
Weihnachtsmännern, mit denen sie sich fotografieren
lassen und das Bild als Postkarte verschicken. In den
letzten Tagen ist sie immer wieder zum Empire State
Building gelaufen, vorbei an den Massen, die auf der
Fifth Avenue Geschenke einkaufen, hat den Aufzug zur
Aussichtsterrasse genommen, zusammen mit den Touri-
sten, die sie verachtet, seit sie Stipendiatin an der New
School ist und ein winziges Zimmer im East Village hat,
in dem nichts weiter steht als das schmale Bett und der

Schreibtisch des Vormieters und das monatlich ein kleines Vermögen kostet. An jedem Tag hat sie trotz Mütze, Schal und Mantel gefroren und nicht gewußt, warum es dieser Platz, dieser Ort ist, den sie aufsucht, mit hundert anderen, die vor einem Gitter stehen und in eine Kamera winken, während der Wind an ihren Jacken und Kapuzen zieht, und was sie daran findet, von oben auf eine Stadt zu schauen, die bloß aussieht wie ein gigantischer Friedhof, auf dem die Gräber viel zu dicht beieinanderstehen.

Sie will Lea loswerden, soviel hat sie jetzt verstanden, und allein schon dieses Wort loswerden hat sie über Tage, über Wochen verfolgt und nicht mehr losgelassen, aber sie hat kein besseres, kein milderes gefunden. Loswerden wollte sie Lea, ohne einen wirklichen Grund zu haben, jedenfalls keinen, den sie hätte nennen und den andere hätten verstehen können, und sie hat dieses Stipendium angenommen, als könnte sie Lea nicht in ihrer Stadt loswerden, als bräuchte sie dafür einen ganzen Ozean, der sie voneinander trennt und Lea von ihr fernhält.

Sie gibt ihr Gepäck auf. Die Frau am Schalter wünscht Happy Holidays, ohne hochzuschauen. Acht Stunden Flug. Sie hat nichts zu lesen dabei. Sie wird den Sitz zurückklappen, an die Kabinendecke starren, auf dieses Brummen hören und an das denken, von dem sie sich langsam entfernt, jetzt, da sie mit zwei Einkaufstüten in den Händen den Gang hinabläuft, vorbei an großen Fenstern, vor denen die Maschinen warten, vorbei an Kunsttannen und Sitzgruppen in Lila.

Sie fragt sich, warum sie Weihnachten ausgesucht hat, um zurückzufliegen. Ausgerechnet das Jahresende, das

alles wie unter einem Brennglas zeigt. Warum sie gerade
jetzt in einem Flugzeug sitzen muß, mit zwei Tüten,
darin eine Kunstfellmütze mit New York-Schriftzug,
die man unter dem Kinn zusammenbindet, passende
Fäustlinge, maschinenwaschbar, eine Daunenjacke XS,
dunkelblau, bei Macy's am Packtisch eingewickelt, in
glänzend rotes Papier. Sie schläft wenig, drei Stunden
vielleicht. Der Geruch von Flugzeugkaffee, von Flug-
zeugbrötchen weckt sie, dazu das Klappern des Geträn-
kewagens. Sie hält die Mütze in ihren Händen und weiß
nicht, wie sie dorthin gekommen ist.

Lea ist wie immer zu spät. Sylvie steht neben ihrem Koffer, über ihr rattern die Anzeigetafeln, melden im Sekun-
dentakt neue Landungen. Sieben Uhr dreiundvierzig
Ortszeit. Sie lehnt sich zurück, an die Wand, neben einem Telefon, schaut auf den Gepäckwagen, auf den Boden, der naß ist und glänzt, vom letzten Wischen. Jemand hält ihr eine Zeitung vor die Augen. Sie schaut
auf, es ist Lea. Lea, mit ihrer Puppennase, ihren schmalen Schultern, ihren kleinen Füßen. Lea, die ihre Puppennase an Sylvies Hals legt, laut einatmet, und sagt,
hier, kannst es lesen, heute abend wird es schneien. Sie
zeigt mit einem Finger auf die Schlagzeile und fragt,
freust du dich, und Sylvie sagt, ja, natürlich, natürlich
freue ich mich.

Sie fahren über Autobahnen, über ihnen Flugzeuge, fahren von Süden in die Stadt hinein, vorbei am Stadtwald,
vorbei am Stadion, mit den Lichtern über dem Eingang.
Sylvie wischt mit der Hand über die Scheibe. Es wird
nicht hell werden heute. Da sie kaum spricht, fragt Lea,
bist du sehr müde, und Sylvie erwidert, ja, und schließt
schnell die Augen, als müßte sie einen Beweis liefern.

Du brauchst dich um nichts zu kümmern, es ist alles da, sagt Lea, als sie den Wagen abstellt und sie mit dem Aufzug hochfahren in den sechsten Stock, wo Sylvie die Balkontür öffnet, um in den Innenhof zu schauen, einen Innenhof aus Veranden und Dachterrassen, die geschmückt sind, mit Lichtern und Ketten und Tannenzweigen.

Lea wohnt im obersten Stock, mit Blick auf einen Backsteinturm, an dem die Spitze zu fehlen scheint, und mit Blick auf diesen Himmel, in den sie abends schauen kann, stundenlang, ohne sich zu langweilen. Es beruhige sie, sagte sie damals, als klar wurde, daß sie mit Sylvie nicht zusammenwohnen würde und allein hier einzog, auch daß die Türen sich nur schwer öffnen lassen, auch das beruhige sie, auch die Sprechanlage mit Bildschirm, auf dem der Eingang zu sehen ist, und jeder, der davorsteht.

Lea wirft die Schlüssel aufs Sofa, streift die Schuhe ab, setzt sich, reibt ihre kleinen Hände aneinander, schneuzt sich die Nase, die rot geworden ist, von den wenigen Schritten durch die Kälte. Sie sagt, auf dem Herd steht ein Karpfen, wir essen ihn nachher, später, in der Nacht, wenn wir draußen waren und naß und halb erfroren sein werden. Sie sagt, laß uns warten, bis es dunkel wird, bis es anfängt zu schneien, deutet mit beiden Händen auf den Platz neben sich, damit Sylvie sich zu ihr setzt, und dann warten sie, mit Blick in diesen Hof, sehen durchs Fenster, an das Lea Weihnachtsengel aus Papier geklebt hat, zehn, zwanzig Engel nebeneinander, in roten Kleidern aus Filz, mit offenen, runden Mündern und gefalteten Händen. Immer wieder steht Sylvie auf, geht ein paar Schritte, am Fenster entlang, aus Angst einzuschla-

122

fen, auf Leas Sofa zu liegen und von ihr angeschaut zu werden. Sie ist sicher, etwas an ihrem Schlaf, bloß an ihrer Art zu liegen, würde sie verraten.

Später sagt Sylvie, Schnee will ich sehen, am vierundzwanzigsten, verstehst du: Schnee. Nicht nur vor dem Fenster, sondern auf Tannen, Tannen mit Schnee will ich sehen. Lea sagt sofort, gut, du sollst Schnee auf Tannen haben, so schnell, als habe sie darauf gehofft, daß Sylvie sich genau das wünschen würde. Sie holt ihren viel zu großen Lammfellmantel für Sylvie aus dem Schrank, öffnet den Koffer, ohne zu fragen, nimmt Stiefel und Hosen heraus, packt eine Flasche Cognac in eine Tüte, steckt ihre Blockflöte in die Jackentasche. Sie fahren mit dem Wagen hoch, dorthin, wo der Wald beginnt, vorbei an den letzten Häusern, mit ihren erleuchteten Fenstern, ihren geschmückten Türen, ihren Kränzen aus Tannenzweigen, roten Bändern und Kugeln, dann weiter, trotz Schildern, die es verbieten, durch einen still liegenden Wald, in dem heute, in dem jetzt, außer ihnen niemand ist. Sie lassen den Wagen stehen, weil er nur noch rutscht und gleitet, über einen Schnee, der ein, zwei Zentimeter hoch liegt und in den letzten Stunden gefallen sein muß.

Der Wald verschluckt sie, und Lea fragt leise, willst du wirklich? Sie trägt die Fäustlinge, die Sylvie mitgebracht hat, die Daunenjacke in XS, die ihr immer noch zu groß ist, die Handschuhe schauen kaum unter den Ärmeln hervor. Alle drei, vier Schritte richtet sie die Mütze aus Kunstfell mit dem New York-Schriftzug, weil sie verrutscht, trotz der Bänder, die sie unter dem Kinn zusammengebunden hat. Lea läuft vor Sylvie, ab vom Weg, hinein ins Dickicht, klettert über Baumstämme, stapft über Blätter, Zweige, über Moos. Sie läuft so, wie sie auch im Sommer läuft, wenn sie keine dicke Jacke, keine dicken Schuhe trägt, nur ein leichtes Kleid, nur Schuhe, die man nicht zu binden braucht, so, wie sie auch im letzten Sommer, als Sylvie noch hier war, gelaufen ist und Sylvie zum ersten Mal dachte, sie hat es sich antrainiert, sie hat es lange geübt, so zu laufen. Trotz der Dunkelheit kann Sylvie Leas Atem sehen. Sie kann sehen, wie sie ihn in die kalte Luft haucht, in diesen Wald hinein.

Lea bleibt stehen, nimmt den Cognac aus der Tüte, trinkt einen Schluck, wischt mit dem Handschuh über die Lippen, windet sich ein bißchen, so als ekelte sie sich. Sie reicht Sylvie die Flasche, flüstert, sei still. Sie reden nicht, atmen leise. Nur die Daunenjacke hören sie, die knistert, obwohl sich Lea nicht bewegt, und es stört Sylvie, dieses Geräusch, es stört sie plötzlich so, wie sie vieles, zu vieles an Lea stört, auch daß sie im Auto jedesmal den Spiegel und den Sitz neu einstellt, obwohl niemand damit gefahren ist, selbst das stört sie, selbst Leas Briefe, an denen sie jeden Tag ein bißchen geschrieben und die sie wochenweise abgeschickt hat, um Sylvie ja nichts versäumen zu lassen, selbst die haben sie gestört, und daß jeder, dem sie es gesagt hat, fragen mußte, wie kann dich das stören?

Laß uns erst weitergehen, wenn wir etwas hören, flüstert Lea, und Sylvie weiß genau, wie sie jetzt aussieht, weil sie immer so aussieht, wenn sie etwas vorschlägt, von dem sie glaubt, andere kämen nicht darauf, anderen fiele das niemals ein. Und dann spielen sie dieses Spiel, trotz der Kälte, trotz ihrer Müdigkeit, warten, bis sich etwas bewegt, trinken einen Schluck, gehen weiter, bis

Lea ein Zeichen gibt, die rechte Hand hebt, in diesem
dicken Fäustling, sie wieder stehenbleiben, horchen
und warten, bis sich etwas bewegt. Sie vergessen die
Zeit. Sylvie kann nicht mehr sagen, ob sie seit Minuten
oder schon seit Stunden laufen, aber sie ist sicher, sie
laufen im Kreis. Längst schon hätten sie die nächste Straße erreichen müssen, einen Weg, eine Schneise. Lea
fragt, hast du Angst, und Sylvie sagt, nein, dafür bin ich
zu betrunken, zu müde.

Sie klettern auf einen Hochsitz. Lea hält sich fest am
nassen Holz der Leiter, rutscht ab, Stufe für Stufe, mit
einem dumpfen, schlagenden Geräusch, bis zum Boden,
als hätte sie keine Kraft, die Füße auf eine Stufe zu setzen, ihr Fallen aufzuhalten. Sie bleibt liegen, dreht sich
auf den Bauch, klemmt die Fäuste unters Kinn und
lacht ihr lautes, klares Kinderlachen in diese Stille hinein, in dieses Dickicht aus Zweigen, aus Zapfen und Nadeln. Später sitzt sie oben neben Sylvie, auf zwei Bret-
tern, die den Kleiderstoff einreißen lassen, in drei,
vielleicht vier Metern Höhe. Sie hat ihren Kopf an Sylvies Schulter gelegt. Sie riecht nach Cognac. Sylvie sagt,
Lea, dein Kopf ist mir zu schwer, hör auf damit, nimm
deinen Kopf weg, aber sie schläft. Jetzt, plötzlich, hier,
schläft sie. Auf diesem Hochsitz, unter diesem Himmel,
der sich weißgelb gefärbt hat, ohne daß Sylvie es gemerkt hätte, und sie weiß nicht, sind es die Lichter des
Flughafens, die Lichter der Stadt, die den Himmel färben, oder ist es der Schnee, der jetzt wieder fällt, jetzt,
da Lea mit dem Kopf an ihrer Schulter eingeschlafen ist.

Schneeflocken legen sich auf Leas neue Mütze, auf ihre
Jacke, und jetzt, da ihr Kopf an Sylvies Schulter liegt,
ihre Hand auf ihrem Bein, fällt Sylvie ein, wie sie das

erste Mal zum See gegangen sind, nicht weit von hier, dort, wo man die startenden Flugzeuge hören kann, in einem dieser heißen Sommer, vor Jahren, und wie leicht sie sich gefühlt hatte, fast schwerelos, mit Blick auf ein glitzerndes Grün, mit wenigen weißen Flecken darauf, Wellen und Segel. Jetzt fällt ihr ein, wie Lea im Wasser, hinter den Stegen, an den Bojen, ihr Kinderlachen gelacht hatte, dieses laute, schnelle, atemlose, das Sylvie damals noch gefallen hatte, und wie Lea neben ihr lag, mit diesen nassen langen Haaren, und wie ihr der Sand darin nichts ausgemacht hatte.

Sylvie schaut auf den fallenden Schnee, der dichter geworden ist und jetzt jedes Geräusch schluckt, selbst das, was sie eben noch gehört haben. Sylvie sagt, Lea, ich hatte nicht vor, zurückzufliegen. Sie sagt es, weil sie es sagen muß und erst jetzt sagen kann, jetzt, da sie weiß, Lea hört sie nicht, sie schläft. Sylvie redet langsam, als könnte die Geschwindigkeit beim Reden etwas an dem ändern, was sie sagt. Es war keine gute Idee, den vierundzwanzigsten hier zu verbringen, mit dir, ich hätte anrufen, vorgeben sollen, die Flüge seien annulliert, wegen des Wetters, wegen eines Sturms, der zuviel Schnee bringt, ich hätte etwas erfinden sollen. Und jetzt, da sie es endlich ausspricht, fällt ihr nicht mehr ein, warum sie es nicht getan hat, warum sie all das nicht getan hat, nur, um hier zu sitzen, neben einer betrunkenen Lea, an Heiligabend, im Stadtwald, auf einem Hochsitz.

Als sie aufwacht, zieht Lea die Handschuhe ab, legt sie in Sylvies Schoß und fängt an, Flöte zu spielen. Sie legt ihre kalten Finger auf die Öffnungen, sie muß nichts sehen dafür. Leise rieselt der Schnee spielt sie, dann ein verzögertes, schiefes O Tannenbaum, und Sylvie singt dazu, leise, mit Pausen, weil ihr der Text fehlt, hier, in diesem Wald, von dem Lea glaubt, es gebe Rehe und Hirsche und Wildschweine darin, obwohl sie noch nie welche gesehen haben, zwischen Autobahnkreuzen und Flugschneisen.

Auf dem Weg zurück spielt Lea weiter, ohne Unterbrechung. Sie setzt die Flöte nicht ein einziges Mal ab, und Sylvie denkt, wie sie das kann, gehen, durch die Dunkelheit, dabei Flöte spielen, ohne hinzusehen, nicht einen falschen Ton spielt sie. Und Sylvie, ohne daß Lea sie darum bitten müßte, fängt an, diese eine Weihnachtsgeschichte zu erzählen, die Lea fast aufsagen kann, die sie aber von Sylvie hören möchte, jedes Jahr von ihr hören möchte, und deshalb fängt Sylvie an, *draußen im Wald stand ein hübscher Tannenbaum, er hatte einen guten Platz, Sonne konnte er bekommen, Luft war genug da, und ringsum standen viele größere Gefährten, Tannen wie auch Kiefern.* Lea setzt die Flöte ab, greift nach Sylvies Hand, und Sylvie weiß, wie sie jetzt schaut, wie ihr Blick ist, ohne daß sie Lea sehen müßte. Lea hält Sylvies Hand fest, die kalt ist, trotz der Handschuhe, trotz des Cognacs, und fährt selber fort, wie sie immer fortfährt, mit jeder Geschichte, *aber er war so sehr darauf versessen zu wachsen, er dachte nicht an die warme Sonne und nicht an die frische Luft.*

Sie stehen am Wagen. Der Wald hat sie entlassen, obwohl Sylvie geglaubt hatte, er würde es nicht tun, bis es am Morgen heller geworden wäre. Sie stehen mit nassen Stiefeln, nassen Füßen. Lea sagt, keinen Meter fährt sie, nicht mit einer halben Flasche Cognac im Blut, und Sylvie erwidert, gut, wir laufen zurück, aber über Umwege, im Zickzack. Und dann gehen sie, ohne viel zu reden, langsam vorbei an Vorgärten, über leere Straßen, zum Fluß hinab. Ein Wind zerrt an den Brücken. Sie laufen über schmale Uferwiesen unter Schnee, setzen die ersten Spuren. Sylvie schaut Lea zu, wie sie im Kreis geht, ein bißchen wie eine Gefangene, die sie mittags in den Hof lassen, und jetzt, da sie ihre Schuhe in den Schnee setzt, wieder und wieder, kommt es Sylvie vor, als sei sie weit weg, unerreichbar weit weg, obwohl es nur zehn, zwanzig Schritte sind, die sie trennen. Sylvie sagt, übrigens, Lea, sie sagt es mit einer etwas zu langen Pause zwischen übrigens und Lea, in diesem Ton, den Sylvies Stimme in solchen Momenten annimmt und den Lea kennt, längst schon. Sie sagt, Lea, was ich dir sagen wollte, aber Lea unterbricht sie, schüttelt den Kopf, an dem die Mütze verrutscht, hält ihre Hände wie einen Trichter an den Mund, ihre Hände in dicken Fäustlingen, als stünde Sylvie nicht zehn, zwanzig Meter vor ihr, sondern als müßte ihre Stimme über eine weite Strecke klingen. Sie ruft, sag es nicht noch einmal, dreht sich um, läuft weg, rückt ihre Mütze zurecht, ihre viel zu große Mütze, die Sylvie ausgesucht hat, gestern, in größter Eile, bevor die Geschäfte schlossen, die sie von einer Verkäuferin hat anprobieren lassen, von der sie glaubte, sie habe ungefähr Leas Größe, gestern, als sie nicht wußte, ob sie dieses Flugzeug nehmen würde.

Lea läuft die Wiese hinab, über Kopfsteinpflaster zur Brücke, sie dreht sich nicht mehr um. Sylvie folgt ihr, langsam. Sie ruft, Lea, warte, aber es ist kein wirkliches Rufen, dafür ist es zu leise. Sie könnte jetzt stehenbleiben, sich umdrehen und weggehen, zurück über diese schmalen Uferwiesen, verschwinden, in den nächsten Straßen, hinter den nächsten Mauern. Aber dann geht sie doch weiter, schneller sogar, als müßte sie sich beei-

len, als könnte sie abgehängt werden, die Stufen hoch
zur Brücke, und weiter, bis sie Lea einholt, auf halbem
Weg, weit oben, über dem Fluß.

Lea hat ihr Gesicht abgewendet, sie zögert einen Augenblick, dann kniet sie sich hin, läßt ihren Kopf nach vorne gegen das Geländer fallen, öffnet die Arme, legt sie
rechts und links an die Stäbe, schaut zwischen ihnen
hindurch aufs Wasser, das langsamer zu fließen scheint,
jetzt, da der Wind plötzlich nachläßt, und dann sagt sie
noch einmal leise: Ich will es nicht hören. Sie sagt es
zum Wasser, als gelte es nicht Sylvie, sondern diesem
Fluß, als müßte sie mit dem Wasser reden, nicht mit Sylvie, als könnte sie Sylvie ausschließen davon. Sylvie
setzt sich neben sie, schaut mit ihr auf die Wellen, die
schwarz aussehen in diesem Licht, das von der Brücke,
von den Uferstraßen kommt.

Das Interconti wirft seinen Lichterweihnachtsbaum an.
Lea schaut hoch, zu dieser Betonfassade mit hellen Fenstern, die einen Tannenbaum zeichnen. Sie steht auf,
streift mit den Händen über die Daunenjacke, mit diesem Blick, mit dem sie nichts, mit dem sie niemanden
mehr sieht, und einen Moment lang glaubt Sylvie, sie
will diese Jacke ausziehen, auch die Mütze, die Fäustlinge, sie will sie ins Wasser werfen und gehen, sie will ihr
zeigen, daß sie nicht friert, auch ohne Jacke und Mütze
nicht friert. Sylvie wartet darauf, einen Augenblick lang
wartet sie darauf, aber dann setzt sich Lea wieder, dichter neben Sylvie, lehnt den Rücken an das Geländer,
streckt die Beine aus, läßt den Kopf erst hart an die Stäbe und dann weich an Sylvies Schulter fallen. Irgendwo
läuten Glocken.

Blaulicht

Sie steht hinter der Absperrung, hinter dem rotweißen Band, das sie um den Platz gezogen haben, vor Stunden. Ihr Haar ist aufgelöst, der Kragen ihrer Bluse geöffnet, ihr heller Mantel ist verschmutzt, er hängt, gibt eine Schulter frei, aber es stört sie nicht, es fällt ihr gar nicht auf. Ihre Schuhe sind naß. Seit Stunden hat der Regen ihre Schuhe getränkt, seit Stunden ist sie durch Pfützen gelaufen.

Erst jetzt hat es aufgehört zu regnen. Der Himmel scheint plötzlich weniger schwer, der Regen fällt nicht länger auf die Autodächer ringsum. Das Prasseln, dieses viel zu laute, ist verstummt. Wer vor der Absperrung stehenbleibt, um zu fragen, was geschehen ist, warum sie ein Band gespannt haben, warum niemand aus der Werkstatt, aus dem Kassenhäuschen kommt, den brüllt sie an, mit einer Stimme, die sich überschlagen will, er ist tot, er ist tot, und sie wiederholt es sofort, ohne Luft zu holen, ohne Pause, als müßte sie das, was sie sagt, zweimal hintereinander sagen, als ginge es nur so, er ist tot, er ist tot.

Geweint hat Julia noch nicht. Keine Träne, seit sie am Vormittag hier war, wie jeden Morgen, nachdem sie die Kinder weggebracht hat. Vor der Arbeit hat sie diesen Weg genommen, wie immer, diesen kleinen Umweg, um ihren Mann zu sehen, ihm zu zeigen, ich muß weiter, gleich, aber jetzt bin ich da, für ein, zwei Minuten. Ihr Mann hätte sich gesorgt, er wäre unruhig geworden,

in seiner Werkstatt, wenn sie einmal nicht gekommen
wäre, wenn sie einmal einen anderen Weg genommen,
vergessen hätte, vorbeizuschauen, selbst wenn sie sich
bloß verspätet hätte. Er hätte zur Uhr geschaut, seine
Schraubenschlüssel, seine Lappen beiseite gelegt, wäre
zu der Glastür mit dem Sprung gegangen, ein paar langsame Schritte weiter, vorbei an den Zapfsäulen, um
nach ihr Ausschau zu halten, bis sie endlich aufgetaucht
wäre, hinter den vielen Wagen neben der Einfahrt, mit
ihren kleinen, schnellen Schritten, in flachen Schuhen,
ihrem wehenden Mantel, und eine Hand gehoben hätte,
um ihm zuzuwinken, ihm zu zeigen, da bin ich, ich bin
da. Diese ein, zwei Minuten, in denen sie jeden Morgen
nichts weiter getan hatten, als sich zu sehen und über
Dinge zu reden, die sie längst schon wußten, längst
schon beredet hatten, hätten ihnen gefehlt, vielleicht,
weil es die ein, zwei Minuten des Tages waren, die etwas
abschließen konnten, das sonst offen geblieben wäre.

Heute morgen ist Julia von der Polizei abgefangen worden, als sie sich in ihren flachen Schuhen genähert hat,
langsamer als sonst, weil sich dieses zuckende blaue
Licht über den Platz, die Zapfsäulen, das Kassenhäuschen und die weißen Kacheln der Werkstatt drehte, wie
eine grelle Drohung. Sie haben versucht, Julia festzuhalten, sie abzuhalten davon, hinter die Glastür zu gehen,
in die Werkstatt, sie fernzuhalten von dem Toten. Eine
Decke hat man ihr gereicht, die sie nicht hat nehmen
wollen. Jemand hat seine Hand auf ihren Arm gelegt,
um sie zum Gehen zu bewegen, weg von dieser Glastür,
weg von dieser Glasscheibe mit dem Sprung, die sie von
ihrem Mann getrennt hat. Aber Julia hat sich nicht wegbringen lassen. Sie ist stehengeblieben, hat ihren Blick
nicht abgewendet. Erst später, als der Regen, der ihre

Schuhe getränkt hatte, langsam nachließ, konnte sie
sich abwenden, zum Absperrband gehen, durch Pfützen laufen und brüllen, er ist tot, er ist tot.

Eva kommt erst am Mittag, Stunden nachdem die Polizei die Fahndung eingeleitet, mit der Suche begonnen
hat, von Evas Wohnung aus, in der sich die Beamten
umgesehen haben, auch in der Garage, im Keller. Eva
hatte keine Angst, sie ist nicht überrascht gewesen, als
die Polizei vor der Tür stand und nach ihrem Mann
fragte. Sie hat ihnen die wenigen Zimmer gezeigt, die
wenigen Schränke, die wenigen Schubladen, in einem
Tempo, als wollte sie schnell etwas hinter sich bringen,
von dem sie gewußt hatte, es würde geschehen. Von
Evas Mann gibt es keine Spur, auch nicht im Gartenhaus, auf einem Grundstück, das die Stadt vermietet,
zwischen Feldern und Wiesen, hinter einem hohen
Zaun, an dem Eva stehengeblieben ist, während die
Polizisten über den Rasen gelaufen sind und Eva nur
noch das Hecheln der Hunde gehört hat, nicht mehr
die Rufe, die Kommandos. In diesem Augenblick hat
sie sich plötzlich an Sommertage erinnert, die sie vor
Jahren hier verbrachten, als Julias Kinder noch nicht
laufen konnten und Eva darauf achtete, daß sie nicht
in die Rosen krabbelten. An Julia hat sie gedacht. Daran, wie sie vor dem Gartenhaus stand, in ihrem hell-
roten Badeanzug über ihrem flachen Bauch, mit diesem Blick, der sie immer aussehen ließ, als warte sie
auf etwas. Daran, wie ihr Mann Julia mit einem Gar-
tenschlauch naßspritzte und ihr dann ein Badetuch
um die Schultern legte, während Julias Mann auf einer
Bank im Schatten döste, auf der Seite, die Knie angezogen, die Sommerschuhe lose an den Füßen.

Eva kommt gegen zwölf, wie jeden Tag, wenn sie die
Kasse übernimmt, ihre Brille aufsetzt, die an einer langen Halskette hängt, das Geld zählt, die Aushilfe bezahlt, die sich jedesmal schnell verabschiedet, weil Eva
sie kaum anschaut und kaum auf ihre Fragen antwortet,
als sei ihr jedes Wort zuviel. Sie redet mit Julia, nur wenige Sätze. Ihr Brüllen hat sie schon gehört, als sie mit
dem Wagen in die Straße eingebogen ist. Sie hat den Wagen abgestellt, vergessen, den Schlüssel abzuziehen, die
Tür zu schließen. Sie ist zur Absperrung gelaufen, vorbei an den vielen, die hier seit dem frühen Morgen stehen, seit sie mit ihren Wagen an die Zapfsäulen fahren
wollten und man ihnen an der Straße gesagt hat, heute
nicht.

Vor der Glastür zur Werkstatt bleibt Eva stehen. Sie
schaut durch die Scheibe und wendet ihren Blick gleich
ab, sucht nach etwas, auf das sie ihn richten könnte, zwischen Mülleimern, Staubsaugern und Luftmeßgeräten.
Die Polizei glaubt nicht an einen Unfall, obwohl es danach aussieht, wenigstens für Julia sieht es genau danach
aus, der zertrümmerte Kopf, der zerdrückte Körper,
den die Feuerwehr am frühen Morgen aus der Grube
gehoben hat, nachdem sie den Motor und den Kran entfernt hatte, die so auf Julias Mann herabgestürzt waren,
daß man nur seine Füße in den dicken Arbeitsschuhen
sehen konnte.

Eva zieht Julia, die zum Gehen nicht bereit ist, zu ihrem
Wagen. Sie fährt sie nach Hause, auf dieser Straße unter
den hohen Kastanien, die sich im Spätsommer schon
braun gefärbt und ihre Blätter über Nacht verloren haben, wegen des Ungeziefers, das sie jedesmal im August
befällt, seit Jahren schon. Eva hält vor einer Wand aus

Briefkästen, Namensschildern und Türklingeln, schaut
Julia nach, wie sie die Treppe langsam hochgeht, vorbei
an einem Packen bunter Werbung, den noch niemand
aus der nassen Folie genommen hat. Wie sie sich um-
dreht, den Kopf schüttelt und stehenbleibt, als warte sie
auf etwas, das Eva tun könnte, als glaubte sie, Eva könnte sie mit einem bloßen Wort, mit einer bloßen Geste
befreien, davon, die Tür zu öffnen, den Aufzug zu nehmen und in ihre Wohnung zu gehen.

Eva fährt zur Schule. Sie holt Julias Töchter ab, die sich
kaum darüber wundern, daß Eva hier ist und nicht ihre
Mutter, die keine Fragen stellen, ihre Schulranzen ab-
nehmen, sich auf die Sitze werfen, die Gummis aus ihrem Haar lösen und mit den Strähnen spielen. Eva hat
Ausreden vorbereitet, Erklärungen, die sie den Mädchen geben könnte, warum nicht ihre Mutter hier ist,
aber die Mädchen fordern sie nicht ein, und Eva kommt
der Gedanke, daß sie nicht zum ersten Mal von anderen
abgeholt werden, daß Julia nicht immer mittags da war,
vielleicht, weil sie anderes vorhatte. Eva schaut sie im
Rückspiegel an, immer wieder, während der ganzen
Fahrt, auf der sie Umwege macht, so oft es geht, durch
Nebenstraßen, kleine, verwinkelte Gassen, nur um Julia
Zeit zu lassen. Zeit, die nassen Schuhe auszuziehen, die
schmutzigen Strümpfe, den Mantel, Zeit, mit den Fingern über Tischkanten zu fahren, über Polster, Kissen,
Bilderrahmen, und dann am Fenster zu stehen und hin-
auszuschauen, in einen Himmel, der in diesem Stockwerk, weit oben, ganz nah scheinen muß.

Die Mädchen werfen ihre Taschen, ihre Jacken auf den
Boden. Eva schaut, als wollte sie sagen, nein, ich habe
nichts verraten, sie ahnen nichts. Julia, die ihren Mantel

noch nicht ausgezogen hat, auch Strümpfe und Schuhe nicht, scheint durch Eva hindurchzusehen, als sei da niemand, als seien auch die Mädchen nicht da, als hätten sie nicht ihre Taschen, wie jeden Tag, auf den Boden geworfen, als hätten sie nicht ihr Hallo gerufen, wie jeden Tag, so laut, daß man es in den Nachbarwohnungen hören kann.

Julia sagt den Kindern nichts. Sie wird ihnen auch nichts sagen, nicht in den nächsten Tagen, nächsten Wochen. Ihr fallen keine Worte ein, mit denen sie sagen könnte, was sie ihnen sagen muß. Sie wird etwas erfinden. Vielleicht hilft Eva ihr dabei, vielleicht fällt ihr etwas ein, das passen könnte, etwas, das die Mädchen glauben könnten, ohne zu zweifeln. Julia glaubt, daß Eva das kann. Seit heute mittag glaubt sie es, seit Eva unter dem Blaulicht mit ihr gesprochen, seit sie Julia mit dem Wagen nach Hause gefahren, seit sie vor der Haustür einen Moment lang gewartet und ihr nachgeschaut hat, mit einem Blick, den Julia noch nicht kannte, den sie zum ersten Mal an Eva gesehen hat.

Julia hat Nudeln gekocht. Es ist ihr gelungen, einen Topf zu nehmen, ihn mit Wasser zu füllen. Sie hat sich das Weinen verboten, aus Angst, sie könne nicht mehr aufhören. Das Wasser kocht, der Topfdeckel springt. Der Dampf setzt sich auf das kleine Küchenfenster, von dem aus man die Garagen sehen kann, mit ihren bunten Toren, die Autos davor. Julias Blick verliert sich zwischen Wagendächern und weißen Markierungspfeilen, die zur Ausfahrt zeigen. Sie kann ihre Beine nicht bewegen. Sie wird hier stehenbleiben müssen, vor diesem Herd, vor diesem kleinen Fenster. Eva versucht, Julia wegzuschieben, zupft am Mantel, um ihr zu bedeuten, zieh ihn aus, sonst merken sie etwas. Sie sucht nach einem Sieb, gießt die Nudeln im Becken ab. Die Mädchen sitzen am Tisch, treten gegen die Stuhlbeine. Julia setzt sich nicht zu ihnen. Sie dreht sich nicht einmal um, als sie sagt, ich habe keinen Hunger, mit einer Stimme, die klingt, als müßte sie sich sehr anstrengen, als koste es sie alle Kraft, diese wenigen Worte aneinanderzufügen, sie in die richtige Reihenfolge zu setzen, fehlerfrei. Die Kinder schauen auf, und Eva denkt, sie kennen diesen Ton. Sie wissen, manchmal kann ihre Mutter nichts essen, nur am Fenster stehen.

Eva ißt mit den Mädchen. Ihr Blick wandert dabei zu all den unnötigen Dingen, die Julia sich nie hätte kaufen können, Kristallgläser in einer Vitrine, daneben ein Aschenbecher aus Porzellan, ein Zigarettenetui aus Silber, unsinnige, kleine Dinge, die Eva jetzt auffallen und die sie vorher schon gesehen hat, in ihrer eigenen Wohnung, ihrem eigenen Zuhause, in einem Schrank, einer Schublade, weil ihr Mann kein besseres Versteck dafür gefunden hatte, Dinge, die ihr auffallen, jetzt, da sie seit Jahren zum ersten Mal wieder hier ist und den Mädchen Fragen stellt, zur Schule, zum Essen, zu den Hausaufgaben, und sie antworten, mit ihren hohen, hellen Stimmen, die sich kaum unterscheiden. Eva kann den Gedanken nicht vertreiben, daß es genau diese Stimmen waren, die Julias Mann jeden Morgen, jeden Abend gehört hat, und daß es etwas gewesen sein muß, das er abrufen konnte, jederzeit, am Tag und in der Nacht, etwas, das er hören konnte, wann immer er wollte.

Regen fällt. Ein Wind drängt ihn an die Scheibe. Julia legt ihre rechte Hand aufs Fenster, als könnte sie die Tropfen berühren, fassen, festhalten, als sei dort nichts, was ihre Hand vom Regen trennte. Sie hinterläßt einen Abdruck, feine Spuren und Rillen, die sich übers Glas ziehen. Erst jetzt fällt Eva auf, daß Julias Haar an den Ansätzen grau nachwächst, und wie wenig dieses Grau passen will zu ihrem Gesicht, in dem man die Mädchen sofort erkennen kann. Sie hat sich noch nie um Julia bemüht, auch früher nicht, als sie das noch hätte tun können, sie hat sie kaum noch gegrüßt, wenn sie sich sahen, am frühen Abend, für ein, zwei Minuten, wenn Julia ihren Mann abholte und Eva meist über Rechnungen saß oder Dinge ins Regal räumte, weil sie ihre eigene Art hatte, Dinge ins Regal zu stellen, die Tüten und Dosen, die sie verkauften, und sie nicht wollte, daß ein anderer es ihr abnahm. Und Julia hatte sich immer nur wenig Gedanken gemacht über Eva, vielleicht, weil sich Julia überhaupt wenig Gedanken machte, nicht nur über Eva. Die wenigen Abende, die sie miteinander verbrachten, wenn es etwas zu feiern gab, hatten sich Julias Gedanken nie weiter bewegt als zu dem, was Eva anhatte, oder wie sie ihr Haar trug. Aber sie wußte, wie Eva kämpfte, mit ihrem Mann, um jeden Zentimeter dieses Asphalts, über den heute morgen blaues Licht geflackert war, wie sie nicht miteinander redeten, über Tage und Wochen, wie sie sich auch nicht anschauten, wenn der andere sprach, und wie Eva am Abend die Schlüssel auf den Tisch warf, ihren Mantel nahm, und mit schnellen Schritten, ohne ein Wort ging, obwohl mindestens noch drei, vier Kunden an der Kasse standen.

Die Männer hatten seit Jahren zusammen in der Werkstatt gearbeitet, in ihren blauen Hosen, die in den Taschen Werkzeuge hielten, mit ihren schmutzigen Händen und Fingernägeln, die sie nach der Arbeit lange unter fließendem Wasser bürsteten, hatten an Sommerabenden die Türen früher geschlossen, Bier aus dem Kühlschrank geholt, sich auf zwei Stühle vor das Kassenhäuschen gesetzt und jedem, der noch an eine Zapfsäule wollte, mit einem Kopfschütteln gezeigt, nein. Sie hatten einander gemocht, so lange bis Julia irgendwann häufiger gekommen und länger geblieben war als sonst, auch wenn ihr Mann unterwegs war, wenn er einkaufte im Großmarkt, oder mit einem Wagen eine Runde fahren mußte, und sie auch dann in der Werkstatt stand, mit Evas Mann, der sein Werkzeug sofort beiseite legte, seine Hände abwischte und so tat, als stünde Eva nicht hinter der Kasse, als könnte sie nicht durchs Fenster hinüber zur Werkstatt schauen. Julias Mann hatte die beiden so gesehen, und Eva hatte die Stimmen der Männer in der Werkstatt hören können, obwohl sie hinter dem dicken Glas im Kassenhäuschen saß, noch Tage später hatte sie ihre Stimmen gehört. Bald wurde es stiller, und vielleicht lag es an dem Geld, das Evas Mann für Arbeiten verlangte, die er nie gemacht hatte, und von dem auch etwas für Julias Mann abfiel und von dem seine Frau Kleider für die Mädchen kaufte, wenn sie durchs nahe Einkaufszentrum spazierten und auf Auslagen zeigten.

Die Kinder sind in ihrem Zimmer, liegen auf den Betten, auf gelber Wäsche, in rosa Strümpfen und Hosen, dicht nebeneinander, auf dem Bauch, die Fäuste unters Kinn gesteckt. Ihre Haare fallen ineinander. Eva kann kaum sehen, welche Haare zu welchem Kind gehören. Die Mädchen schauen Eva an, als wollten sie fragen, warum sagst du es uns nicht. Nur der Fernseher durchbricht die Stille, zwei Bobfahrer, die über die Bahn schießen, in ihrem Schlitten, unter dem Tröten und Rufen der Zuschauer, darunter die Zeitangabe, Millisekunden, schneller, als das Auge sie fassen kann. Eva räumt die Teller ab, stellt sie in die Spüle, nimmt einen Löffel und zieht Spuren durch die braunen Reste, die an den Rändern kleben. Sie läßt heißes Wasser laufen, hält ihre Hände darunter. Es schmerzt sie nicht, das heiße Wasser, sie spürt es kaum, sie sieht nur, wie sich ihre Haut verfärbt, wie sie rot wird. Ob sie die Mädchen allein lassen können, fragt sie. Julia nickt. Sie nehmen nicht den Aufzug. Sie gehen über die Treppen, hinter einer großen Tür, neben einem Schacht, in den die Mieter ihre Müllsäcke werfen, die dann mit einem Scheppern in die Tiefe fallen, und sie gehen schnell, so schnell, als könnten sie etwas verpassen.

Eva fährt Julias Wagen. Die Scheibenwischer gleiten übers Glas. Im Handschuhfach liegen die Zigaretten von Julias Mann, seine Sonnenbrille, ein Päckchen Fruchtgummis, das er am Abend zuvor mitgenommen hat. Neben dem Radio klebt ein Bilderrahmen, der die Mädchen zeigt, als sie kleiner waren, mit roten Haarspangen und Zöpfen, die Köpfe aneinandergelegt, über ihnen ein Schriftzug, Komm gut nach Hause. Eva hält nicht an der Tankstelle. Sie fährt an ihr vorbei, langsam, im Schrittempo. Hinter ihnen hupt jemand, läßt das Licht aufblenden. Eva lenkt den Wagen in die nächste Straße hinter der Absperrung, fährt um den Block, biegt ab, um wieder an der Tankstelle vorbeizufahren, immer nur im Schrittempo. Sie fahren im Kreis, vielleicht zwanzig, vielleicht dreißig Mal, gegen Ende etwas schneller, etwas ungeduldiger, als hofften sie auf etwas, das geschehen könnte, aber ausbleibt. Julia schaut an Eva vorbei durchs Fenster, zur Werkstatt, zur Glasscheibe mit dem Sprung, als hätte sie die Bilder schon vergessen. Später stellt Eva den Wagen so an der Straße

139

ab, daß sie nichts mehr von all dem sehen kann, daß
auch Julia nichts mehr sehen kann, ganz gleich, wie
sehr sie ihren Kopf dreht, wie sehr sie versucht zurück-
zuschauen. Eva löst ihren Gurt, dreht die Rückenlehne
zurück, greift nach den Fruchtgummis. Julia läßt es zu.
Der Regen hat nachgelassen. Weit hinter den letzten
Häusern, dort, wo die Schlote stehen, die Felder beginnen, hat sich der Himmel gerade blau gefärbt.

Delphine

Kalbarri, 1. Oktober. Die Delphinsuche hat begonnen. Wir haben die ersten von der Küste aus gesehen, hier, am Indischen Ozean, wo wir vor ein paar Tagen angekommen sind. Jeder, der in diese Gegend fährt, steht oben auf den Felsen und hält Ausschau nach Delphinen und Walen. Manchmal haben wir Glück und können sie mit bloßem Auge sehen, aus hundert Metern Höhe. Als die ersten Wale aufgetaucht sind, hast du gesagt, ein unerbittliches Schicksal habe dir keine Flügel verliehen, sondern ein Zentnergewicht auf die Schultern gelegt. Seit Tagen weht ein ungnädiger Wind und rüttelt nachts an unserem Van. Angler, Taucher, Walsucher und Delphinisten, wie du sie nennst, treffen sich hier, im Pub an der Küstenstraße Kalbarris oder im Fish and Chips mit Neonlicht, Plastikstühlen und gesüßtem Eiskaffee aus dem Kühlschrank.

Still ist es am Ozean. Der Wind fährt in die Palmen und in dein Haar, das ist alles. Daß es dieses Kalbarri überhaupt gibt, daran haben wir auf der Fahrt hierher nicht mehr geglaubt. Die Piste hinter Perth züngelt durch Steppe und Savanne, öde und karg, vorbei an einem See, dessen Wasser rosa ist, wirklich rosa. Mondlandschaft, hast du gerufen, wenn wir nicht weiter wußten, weil der Wind die Straßenschilder abgerissen hatte.

Fahren wollten wir nach Kalbarri, den Wendekreis des Krebses hinter uns lassen, die Küstenstädtchen nördlich von Perth sehen, die anderen Strände, mit ihren Anglern,

die stundenlang im Wind stehen, regungslos, nur ihr
Schal flattert um den Kopf. Wir wollten sehen, wie sie
ihre Scheinwerfer aufstellen, in der Nacht, damit Fische
kommen. Hier, in Kalbarri, ist unser Blick auf den Ozean so, daß wir ihn nicht mehr vergessen. Wir sitzen
abends am Wasser und hören auf die Wellen, wie sie
schlagen, und du fragst, hast du schon einmal ein Meer
gesehen, das so blau ist?

Monkey Mia, 8. Oktober. Wir gleiten übers Wasser, der
Katamaran zerschneidet das Blau. Segel flattern über unseren Köpfen. Schildkröten liegen auf ihrem Panzer, lassen sich treiben. Mindestens hundert Jahre alt werden
sie und sehen aus, als wüßten sie das. Der Skipper, son-
nenverbrannt, steht am Bug und hält sich ein Fernglas
vor die Augen. Er sucht nach Delphinen. Sobald er sie
entdeckt, schreit er: Dolphins!, deutet in die See, und
wir stürzen zu ihm. Erst sehen wir ihre Rückenflossen,
die Finnen, angeschlagen vom Kampf mit Haien, dann
drei, vier Delphine nebeneinander, die näher kommen.
Sie springen, zeigen sich über dem Wasser als glänzende
Halbkreise.

Abends leuchtet der Sand rot, das Wasser sieht aus wie
Blei. Angler packen ihre Bierdosen aus, Hunde springen bellend ins Wasser, und du wunderst dich, warum
wir nicht immer schon hier waren. An der Lagune, weiter südlich, weht der Wind den Meerschaum auf den
Strand. Ein Vater zieht mit seinem Sohn über die Dünen. Ihr fensterloser Jeep ist ihr Zuhause. Delphine haben sie gesehen, hier oben, von diesen Dünen aus. Wir
setzen uns zu ihnen, erklären, auch wir sind auf der Suche, starren auf die Wellen und warten. Der Vater, mit
Tätowierung am Unterarm, darunter Haut wie Leder,

erklärt, schlafen können sie nicht, die Delphine, Haie lauern überall. Sie dämmern in einem Ruhezustand, die Forscher nennen es Meditating. Nachts im Van sagst du, auch ich bin in einem ewigen Dämmerzustand, ohne wirklichen Schlaf.

Carnarvon, 12. Oktober. Kaum ein Ort, nur eine große Straße, rechts und links davon Häuser. Wir gehen ins beste Café, sitzen auf der Terrasse, hinter den Fenstern Ventilatoren, Kühlschränke mit beschlagenem Glas. Kakerlaken, ohrengroß, kriechen über die Holzdielen, kreisen uns ein. Du ziehst die Socken über die Jeans, knöpfst dein Hemd bis oben zu. Ich nehme die Beine hoch, setze mich auf meine Füße. Wir versuchen, nichts fallen zu lassen, essen die Pizza so schnell es geht. Eine Kakerlake ist an meinem Hosenbein hochgeklettert, ich fege sie weg, mit einem Aufschrei. Wir springen auf, schauen noch einmal auf den Dielenboden und gehen. Unser Bier trinken wir im Pub. An den Wänden Bilder von Schiffen, präparierte Fische, gelb von Zigarettendunst. Ein Fischer am Tresen spricht vom Kampf mit Haien, reißt sein Hemd hoch, zieht seine Hosen herunter und zeigt dicke rote Narben über Brust, Oberarm und Bein.

Morgens Frühstück an der Straße. Ein Polizeiwagen fährt auf und ab. Die Kellnerin vertreibt eine Gruppe Aborigines, sobald weiße Kundschaft erscheint. Sie ist mit einem Fischer verheiratet, der Snapper fängt und streng nach Fang bezahlt wird. Bei Woolworth packen wir die Kühltruhe voll, sagen: Auf Wiedersehen, Carnarvon.

Coral Bay, 15. Oktober. Nordwest-Kap, westlichstes Stück Land. Campingplätze, Kleinstadt-Mall und Jugendliche auf Beachtraktoren. Wir fahren aufs Meer hin-

143

aus, über ein Türkis mit Schaumkronen. Eine Delphin-
schule schwimmt neben uns. Der Skipper sagt, sie besprechen, sie wägen ab, ob sie mit uns spielen oder weiterschwimmen sollen. Sie entscheiden sich fürs Spielen,
bleiben eine Weile am Boot, heben die Köpfe, keckern.
Als sie weiterschwimmen, schauen wir ihnen lange
nach und geben vor, sie noch sehen zu können, obwohl
sie schon verschwunden sind. Wir springen ins Wasser,
suchen nach Manta Rays, Rochen, die aussehen wie Vögel, wenn sie ihre Flügel ausbreiten. Über uns, unter
uns Schwärme tiefblauer Fische, darin ein Snapper, der
nur sein Maul aufreißen muß und satt ist.

Ningaloo Marine Park, 22. Oktober. Wir fahren Richtung Norden, links von uns Dünen und türkisblaues
Wasser, rechts von uns Marsgeröll und Termitenhügel.
Du flüsterst in mein Ohr, heilige Landschaft, und ich
sage, ja, und ganz allein uns gehört sie. Känguruhs
springen in der Dämmerung über den Weg, bleiben stehen und starren uns an, so wie wir sie anstarren. Wir steigen aus, laufen durch den Busch, im Sand Schlangenspu-
ren. Bevor es dunkel wird, stellen wir den Wagen auf
einem kleinen Strand ab. Weit und breit niemand und
wir gleich am Wasser, neben den Wellen. Ich sage, Gott
ist da, und zeige zum Himmel.

Nachts gibt es kaum Geräusche. Das Meer schäumt leise. Von den Känguruhs kommt nicht ein Laut, wenn sie
springen. Du liegst neben mir, erzählst Seeräuberge-
schichten, von Männern ohne Kopf, die eine Frau suchen wie mich, mit solchen Lippen, oben und unten.
Ein paar Sterne brechen die Dunkelheit auf. Vor drei
Tagen bin ich mit dem Van in einer Einfahrt stecken-
geblieben. Das Dach ist aufgerissen, wir haben es repa-

144

riert, mit Klebeband aus dem Anglerbedarf. Es fängt an
zu regnen, ein Unwetter zieht heran. Wir beten, der Kle-
bestreifen möge halten, der Regen aufhören. Als es don-
nert, greifst du nach meiner Hand. Wir starren auf die
Tropfen, die hinabfallen, auf unsere Köpfe, und warten
auf den Blitzschlag, der den Wagen in Brand setzen
wird.

Am Morgen ist es feucht und warm. Unsere Kleider,
unsere Haare kleben. Das Meer schwappt mild und
blau. Ein Jeep rast an uns vorbei. Schlafende Kinder auf
den Rücksitzen, ein Fahrer, der uns winkt. Auf der
Heckscheibe ein großer Aufkleber: Western Australia.
Home of the Dolphins. Etwas weiter, in der Turquoise
Bay, baden wir mit Pelikanen. Mit Sonnenhut, Hemd
und Schuhen. Gibt es Haie?, fragst du, und ich sage:
egal. Das Wasser ist badewannenwarm, sein Blau
schmerzt, wenn wir die Sonnenbrille absetzen. Wir liegen auf dem Rücken, strecken die Fußspitzen aus dem
Wasser, lassen uns von den Wellen vor- und zurücktrei-
ben. Du singst und schlägst im Takt mit der flachen
Hand aufs Wasser.

Tom Price, 24. Oktober. Hinter dem Kap, nur wenige
Kilometer landeinwärts, gähnt das Outback. Verwesen-
de Rinder am Straßenrand, Verkehrsopfer, deren Gestank die Klimaanlage in den Wagen trägt. Berge aus
rotem Stein. Wenn wir aussteigen: Fliegen. Hitze. Feuch-
tigkeit. Wenn wir in den Sand pinkeln, versickert es sofort. Du liest: Tom Price, reich durch Eisenerz. Ich stelle
mir eine Minenstadt vor, mit verschwitzten Männern
und Videothek, frage, was wir dort suchen. Hinter dem
Ortseingang ein Schild: Tom Price, 1987 Sieger im Lan-
deswettbewerb der saubersten Stadt. Im Park öffentliche

Toiletten. Weiße Kakadus, die auffliegen, sobald wir uns nähern. Wir essen im einzigen Restaurant. Zwei Minenarbeiter brechen auf, überlassen uns den Tisch. Vor den Fenstern hängen Wolkenstores. Schwarzlicht färbt unsere Zähne. Wir sitzen auf roten Plüschsofas, grinsen uns an, mit leuchtenden Zähnen, die ins Lilafarbene gehen. Auf dem Campingplatz, unter Neonröhren, springen Motten und Heuschrecken auf unsere Zahnbürsten, auf unsere Seife. Du schreist, rennst in die Nacht hinaus.

Am frühen Morgen fahren wir weiter Richtung Norden, zur Hammersley Range. Noch so ein delphinloser Ort, sagst du. Mit Sonnenhut und festen Schuhen laufen wir zum Circular Pool am Ende der Schlucht: einem kleinen Naturbecken, in das Wasser läuft. Wir klettern mit ausgebreiteten Armen über rote Felsen, die zu heiß sind, um sich daran festzuhalten. Am Ufer legen wir die Kleider ab, ich springe kopfüber ins Wasser, schwimme zur anderen Seite, lasse meinen Kopf in den Nacken fallen und schaue zum Himmel. Du ruderst unruhig mit den Armen, blickst nach unten ins trübe Wasser und rufst: Blutegel. Mir ist es gleich, ich tauche prustend unter, kerzengerade, mit den Fußspitzen nach unten, den Armen nach oben. Wir photographieren diese Schluchten nicht, auch nicht die nächsten, auch nicht die übernächsten, und du fragst, was ist schon auf einem Foto zu sehen?

Auf einem Stück roter Erde übernachten wir. Wir liegen auf dem Rücken, schauen durch die kleinen Fenster des Vans in die Baumkrone über uns, in einen leuchtenden Mond, das einzige Licht. Du sagst, du hast vergessen, wie das ist: zu Hause, morgens, wenn sich der Tag meldet und der Wecker tickt. Ob ich noch eine Erinnerung daran habe: an Zugluft und Schnee? Am Morgen liegt etwas auf der Fahrbahn, das aussieht wie ein Baumstamm, den ein Wüstenwind weggerissen hat. Ich wechsle auf die andere Seite. Der Baumstamm hebt seinen Kopf. Ein Drachenvieh, dessen Kamm aus scharfen Zacken nach oben ragt. Heiliges Tier, sagst du, und wir rauschen daran vorbei.

Exmouth, 30. Oktober. Wir flüchten nach Exmouth, Taucherperle an der Ostseite des Kaps. Du fragst, wie es wäre, Briefe mit dem Poststempel von Exmouth abzuschicken, von hier, an den Rest der Welt? Im Supermarkt spuckt ein Keramikdelphin Pfefferminz in unsere Hände. Wenn man seine Flosse berührt, keckert er. Wir mieten ein Haus und sperren uns ein. Wir drehen die Klimaanlage auf, stellen alles, was wir haben, in den Kühlschrank. Du stopfst deine Shorts ins Gefrierfach. Wir verlassen das Haus nur am Abend. In der Waschküche auf der anderen Hofseite wackeln sechs Waschmaschinen nebeneinander. Trockner werfen die Wäsche hinter dem Bullauge hin und her. Eukalyptusbäume rauschen. Papageien kreischen. Wir haben einen Hitzschlag, reden wirres Zeug und fallen ins Bett. Ein Gedanke kommt mir noch. Manchmal ist die Landschaft so öde, daß ich dich frage, ob es nur diese Leere ist, die uns gefällt, also einfach, daß niemand da ist, ganz gleich, in welche Richtung wir schauen? Als wir hören, Exmouth wird alle zwei Jahre von einem Zyklon ausradiert, geben wir das Haus zurück.

Port Hedland, 3. November. Vor Wochen haben wir unseren Koffer gepackt und dabei so getan, als müßten wir nicht mehr zurück, als könnten wir hier einen Ort, ein Haus finden, zum Bleiben, und seitdem wir in Perth

147

gelandet sind, spielen wir dieses Spiel, du und ich, fahren durch Städte, Landschaften, zeigen auf Häuser und Hütten, auf Strände und Buchten, und schütteln die Köpfe, weil wir glauben, noch besseres zu finden. Wir tun so, als könnte es so sein, als gebe es nicht diesen viel zu großen schwarzen Koffer, den wir abends hinausstellen, wenn wir die Sitzpolster zu einem Bett umbauen, und der nach dem Erwachen, wenn wir die Wagentüren öffnen, vor uns steht wie eine Mahnung.

Hinter uns liegen mehrere tausend Meilen Wüste, mit ihren Termitenhügeln, Sandstürmen, ihren ausgetrockneten Flußläufen. Wir fahren still auf Port Hedland zu, vorbei an überhohen Telegraphenmasten, Bergen aus Salz, an Pipelines und ziegelroten Eisenbahnwaggons, die das Erz aus den Minen wegbringen, zum Hafen. Salz trocknet im flachen Wasser, auf beiden Seiten der Straße.

Port Hedland liegt unter dem roten Staub seiner Minen. Die Menschen heben sich ab davon: weiße Kniestrümpfe, Khaki-Shorts, weiße Kurzarmhemden. An der Straße Wellblechpavillons auf hölzernen Pfählen. Ein Hospital mit großen Balkonen. Menschen mit Gipsbeinen, die im Schatten sitzen. Wir japsen, als wir aus dem Wagen steigen, springen von Schatten zu Schatten, holen Luft, greifen uns an die Brust wie Herzkranke.

Das Town Centre besteht aus zwei kleinen Straßen, Banken und Läden. Wir flüchten in einen klimatisierten Coffeeshop. Hinter der Theke zwei Frauen mit Steckfrisur, die Paniertes, Fritiertes verkaufen. Auf ihren T-Shirts tanzende Delphine mit Sprechblasen. Wir trinken Eiskaffee aus der Papiertüte, unter einem blauen Neptun, der sein Essen verschlingt. Vor dem Fenster, auf der Straße sitzt eine Aborigine-Mutter mit ihrem Neugeborenen. Grob legt sie es sich zurecht, mit einer einzigen, heftigen Bewegung. Es sieht aus, als trage sie ein totes Kind im Arm.

Wir fahren zur Mall, setzen uns auf eine Bank zwischen Polstermöbeln, Wandkalendern und Limonadenkühlern. Wir spüren, wie unsere Köpfe wieder beginnen, zu denken, wie unsere Körper langsam abkühlen. Ein Arbeiter aus den nahen Eisenerz-Minen, wie in rotem Staub gewendet, läuft an uns vorbei, in knappkurzen Hosen, mit einer Stirnlampe, an seinen Helm geschraubt. Er läuft über diesen gewischten, glänzenden Mall-Boden mit seinen schmutzigen, staubroten Arbeitsstiefeln. Er hinterläßt keine Spur.

Eighty Mile Beach, 5. November. Du bist enttäuscht, weil du dir eine Wüste allein aus Sand vorgestellt hast, nicht aber einen Ort, an dem hartnäckig immer noch etwas wächst: Bäume, Sträucher, Gestrüpp. Eighty Mile Beach ist eine Reihe grüngetünchter Hütten, von denen wir sofort eine mieten. Am leeren Strand schnappen wir nach Luft, strecken die Arme aus, wie zwei Raumfahrer, die ins All gefallen sind. Vor uns achtzig Meilen weißer Sand, durch den die Wellen tiefe Rillen gezogen haben. Das Wasser ist zurückgetreten. Wir schreien, singen, sammeln Muscheln, schreiben mit den Füßen in den Sand. Wir schauen hinaus in die Ferne. Irgendwo da draußen schwimmen Delphine.

Abends gibt es diesen gepinselten tropischen Himmel, von dem ich nicht weiß, soll ich weinen, soll ich lachen. Du stehst vor unserer Hütte, mit der Glut deiner Zigarette, Hühner gurren, Nachbarn sitzen um ein Feuer,

149

das in die Nacht hineinbrennt. Ein Gekko hält sich an der Glastür fest. Im Bett lese ich dir vor. Du liegst auf dem Rücken, hast die Augen geschlossen, deine Haare ranken wie Tentakel um deinen Kopf.

Morgens überfällt uns diese Mischung aus Leichtigkeit und Trübsinn, beim Reißverschluß-Zuziehen und Taschen-Aufschnallen. Das Duschen bleibt überflüssig, nur wenige Schritte, und wir wischen uns den Schweiß von der Stirn. Neben der Rezeption, in einem kleinen Laden, hole ich einen Sack Eis aus der Kühlbox, stelle ihn in den Wagen. In zwei Stunden wird das Eis geschmolzen sein.

Eco-Beach, 7. November. Unsere letzte Übernachtung vor Broome, dem Städtchen, von dem du glaubst: Das wird es sein. Mitten im Nichts geht es vom Highway ab. Ich öffne ein Tor, eine rote Piste ist unser Weg. Ochsen und Kühe liegen im Schatten, heben die Köpfe, als wir vorbeifahren. Ein Schild ermahnt uns, das Auto abzustellen. No cars allowed on Eco-Beach. Wir sollen bei mehr als 40 Grad laufen. Wir steigen aus, setzen die Hüte auf. Stille und Hitzeflimmern. Unser Fluchen wird leiser, verstummt.

Die Rezeptionistin hält ihren kleinen offenen Jeep an, nimmt uns mit zum Empfang. Ja, ich bin es, die angerufen hat. Die Angestellten sind in khakifarbene Stoffe gekleidet, mit Hüten, derben Schuhen, dicken Baumwollstrümpfen. In der Lounge drehen langsam Ventilatoren, die keinerlei Kühlung bringen. Wir sitzen wie gelähmt in dieser gefräßigen Hitze, in diesem Temperaturwal, der uns verschlungen hat.

Schmetterlinge flattern in unser Holzhaus ohne Strom.
Ich reiße alle Klappen und Türen auf. Du legst dich aufs
Bett, bleibst regungslos. Ich sitze davor, schaue über die
Terrasse, zum Meer. Wir hören auf das Zirpen und Rascheln aus den Büschen ringsum. Am Abend gelingt es
uns, aufzustehen und die wenigen Schritte zum Meer
hinunterzugehen. Wir baden, trotz tödlicher Box Jelly
Fish, vor denen kleine Schilder warnen. In der Brandung stehen unter einem Strohdach zwei Stühle, die naß
werden. Wir setzen uns, die Füße im Wasser, halten
Ausschau nach Delphinen. Ein Mann und zwei Kinder
laufen hintereinander über den Strand, dort, wo sich
Sand und Wasser treffen. Du sagst, das Mädchen
springt so leicht in die Wellen, daß du bei ihrem Anblick weinen könntest.

Wir duschen vor der Hütte, unter freiem Himmel, ziehen frische Kleider an. Wir laufen durch den Garten,
über hölzerne Stege, durch glänzendes, schimmerndes
Grün. Neben der Lounge plätschert es in einem Tüm-
pel. Frösche quaken. Eine Treppe führt zu Duschen
und Toiletten. Auf der Tür, hintereinander, in gleicher
Haltung, sitzen zwei Frösche, so grün, daß wir sie für
Plastik halten. Wir kommen näher, sehen erst jetzt ihre
Haut pulsieren. Wir suchen überall nach Fröschen, entdecken sie in Toilettenschüsseln, auf Spülkästen. Wenn
wir den Hahn am Waschbecken aufdrehen, springen sie
ins fließende Wasser.

Nachts weht ein Wind, ich kann nicht schlafen. Ich setze mich hinaus, unter einen hellen Mond, der das Meer
schwarz färbt. Türen schlagen. Der Wind reißt an den
Stoffen, am Moskitonetz. Dein linkes Bein, aufgedeckt
bis zum Knie. Als du aufwachst, sagst du, von Broome

hast du geträumt. Wir laufen noch einmal zum Wasch-
pavillon. Ein Ochse spaziert an uns vorbei, über den
hölzernen Steg, trinkt aus dem Teich. Wir putzen Zähne unter Fröschen.

Broome, 11. November. Seit drei Tagen sind wir in Broome. Wir haben nicht die Köpfe geschüttelt, als wir mit
dem Van durch die Straßen gefahren sind. Dies ist der
Ort, den wir uns aussuchen würden, und du erklärst,
unter dem Gesichtspunkt der Ewigkeit sind drei Tage
nicht viel weniger als achtzig Jahre. Am Cable Beach,
dem längsten Strand hier, schmeißen Surfer ihre Bretter
in die Wogen, Strandspaziergänger laufen mit ihren
Hunden in der Brandung.

Wir tun so, als lebten wir hier, bringen unsere Wäsche
ins Hilton, gehen jeden Tag ins Restaurant, überlegen
lange, welches Bild wir kaufen sollen, von einem Galeri-
sten, der ahnungslos, aber freundlich ist. Broome ist so,
daß wir es nicht mehr verlassen wollen. Mit seinen ruhi-
gen Straßen, seinen Eukalyptusbäumen, deren Zweige
bis auf den Asphalt reichen, seinen Holzveranden, seinem immergleichen Abendhimmel in Pastell. Mit seinem fast leeren Strand, auf den man Scheinwerfer gestellt hat, die nachts zum Meer hinunterstrahlen, das
man trotzdem nicht sehen kann, nur hören.

Jeden Morgen laufen wir über die Dünen, zum Wasser
und warten auf Delphine. Wir rühren uns nicht, über
Stunden. Und dann sehen wir sie: erst ihre Rückenflossen, die Finnen, angeschlagen vom Kampf mit Haien,
dann drei, vier nebeneinander, die näher kommen.

Inhalt

Letzter Sonntag
7

Lydia
21

Eiszeit
31

Gebete
51

Achtzehnter, vielleicht
neunzehnter Dezember
57

Glück
69

Unter Hunden
79

Heißester Sommer
87

Larry
96

Weihnachtswald
119

Blaulicht
130

Delphine
141

Zsuzsa Bánk
Der Schwimmer
Roman
Band 15248

Ungarn 1956: Die Panzer rollen, der Aufstand schlägt fehl, die Hoffnung scheitert, dass die Welt eine andere hätte werden können. Ohne ein Wort verlässt Katalin ihre Familie und flüchtet über die Grenze in den Westen. Ihr Mann Kálmán verkauft Haus und Hof und zieht fortan mit den Kindern Kata und Isti durch das Land. Während Kálmán in Schwermut verfällt, errichten sich Kata und ihr kleiner Bruder Isti ihre eigene Welt: Isti hört, was die Dinge zu erzählen haben – das Haus, die Steine, die Pflanzen, der Schnee –, während Kata den Geschichten der Menschen zuhört, denen sie auf ihrer jahrelangen Reise begegnet. Der genaue Blick der Kinder trifft auf eine Welt, die sie nicht verstehen. Nur wenn sie am Wasser sind, an Flüssen, an Seen, wenn sie dem Vater zusehen, wie er seine weiten Bahnen zieht und wenn sie selber schwimmen – nur dann finden sie verzauberte Momente der Leichtigkeit und des Glücks. Beide ahnen, dass ihr Leben erst beginnt.

»Ein Buch, das uns das Herz zerreißt.«
Péter Nadás in DIE ZEIT

»Es ist die Melodie der Melancholie, die verzaubert.
Ein unvergesslicher Ton.«
Brigitte

Fischer Taschenbuch Verlag

Katharina Hacker
Die Erdbeeren von Antons Mutter
Roman

Band 18763

Anton ist Arzt in Kreuzberg, mit Sorge sieht er, wie seine
Mutter gegen eine Demenz kämpft. Jedes Jahr schickt sie
ihm und seinen Freunden Erdbeermarmelade, aber in diesem
Jahr hat sie die Erdbeeren vergessen. Während seine Mutter
verlorengeht, findet Anton nach langem Alleinsein jemanden,
mit dem Liebe möglich zu sein scheint. Aber Lydia bringt
eine Vergangenheit mit, die in beider Leben mit Vehemenz
einbricht.

»Leicht, klug und im besten Sinne unzeitgemäß ...
eine meisterliche und ergreifende Novelle.«
Friedmar Apel, Frankfurter Allgemeine Zeitung

Fischer Taschenbuch Verlag

Dieter Kühn
Frau Merian!
Eine Lebensgeschichte
Band 15694

Die Lebensgeschichte einer selbstbewussten Frau, die Natur-
kundlerin, Malerin und wagemutige Reisende war. Dieter
Kühn portraitiert Maria Sibylla Merian und entfaltet zugleich
das lebendige Panorama einer Epoche.

»Mit seiner romanhaften Biographie hat
Kühn ein in jeder Hinsicht herausragendes Werk
vorgelegt, das Maßstäbe setzt.«
Deutsche Welle

»Was macht dieses Buch so sympathisch?
Es ist Kühns fabelhafte Kunst, die Dinge so plausibel
und persönlich, so bescheiden und begeisternd, so humor-
voll und heiter vor dem Leser auszubreiten.«
Münchner Merkur

Fischer Taschenbuch Verlag